Gudrun Jandt
Treibgut

Das kleine Holz, das seine Heimat
verlor, vergaß und wieder fand

Schläft ein Lied in allen Dingen,
die da träumen fort und fort,
und die Welt hebt an zu singen,
triffst du nur das Zauberwort.

JOSEPH VON EICHENDORFF

Inhaltsverzeichnis

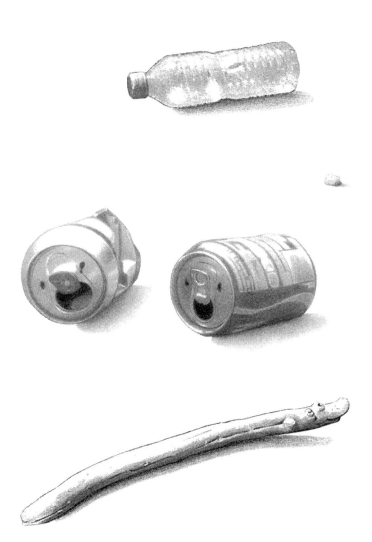

Teil 1 dieser Geschichte steht auch in dem Bilderbuch

Treibgut. Ein Inselmärchen

TEIL 1

*in dem das kleine Holz strandet,
einen Freund findet, beleidigt wird
und schließlich den ganzen Strand
zum Singen bringt*

1. Gestrandet

Ein kleines Holzstück schwamm träumend lange Zeit auf dem weiten Ozean. Die Wellen wiegten es auf und nieder, der Wind trieb es hierhin und dorthin, die Sonne wärmte und der Regen betropfte es.

Eines Tages erreichte die Strömung des Meeres eine Insel. Es war sehr stürmisch. Riesige Wellen krachten und schäumten an die Küste. Eine von ihnen warf das Holzstück in hohem Bogen an Land. Es fiel in den feuchten Sand und erwachte.

»Wo bin ich?« fragte es.

»Willkommen, edles Holz«, antwortete eine tiefe Stimme. »Du bist auf einer Insel mitten im Ozean.«

»Schöne Stimme«, sprach das Holzstück. »Wer bist Du?« »Ich bin ein Stein«.

»Ich bin gerade erst aufgewacht«, murmelte das Holz, »und weiß leider nicht, wer ich bin und woher ich komme.«

»Ich nenne Dich Holz«, sagte der Stein. »Das Meer hat Dich gebracht.«

»Hat auch Dich das Meer gebracht?«

»Oh nein, ich bin schon lange hier. Vor vielen tausend Jahren war ich ein großer Felsbrocken. Ich bin dort oben von der Bergspitze abgebrochen und herabgerollt.«

Der Stein hatte so eine Art zu reden, dass das kleine Holz alles sofort verstand. Obwohl es gar nicht geahnt hatte, was eine Bergspitze und was ein Felsbrocken war – kaum hatte der Stein diese Worte ausgesprochen, schon wusste es Bescheid.

Eine Zeit lang schwiegen beide. Das Holz betrachtete die grauen Wolken am Himmel und lauschte dem Gesang der Wellen. Dann räusperte es sich und fragte: »Wie kommt es, dass Du einst so groß warst und bist jetzt so klein?«

»Ich verwittere. Alle Steine verwittern. Das Wetter macht uns immer kleiner, der Regen, der Wind, die Sonne und besonders die salzige Luft des Meeres. Eines Tages werde ich ein winziges Sandkorn sein.«

Wieder schwiegen Stein und Holz eine lange Zeit. Das Holz entschlummerte, aber seine Träume waren nicht mehr so friedlich wie auf dem Meer. Erwachend fragte es: »Werde auch ich verwittern?« »Ja.«

»Werde ich dann auch ein Sandkorn sein?« »Nein, hier am Strand verwandelst Du Dich in Holzstaub.«

»Oh weh«, klagte das Holz, »ich möchte nicht gern zu Staub zerfallen!« »Warum nicht?« fragte der Stein. »Vielleicht werden wir eines Tages Eins sein, ein Sand mit Holzstaub darin. Vielleicht wird der Wind uns weit übers Wasser wehen nach Afrika und wir werden uns mit dem goldenen Sand der Sahara vermengen. Oder wir werden tief ins Meer sinken und es wird uns so lange zusammenpressen, bis wir Sandstein geworden sind. Vielleicht bauen die Menschen dann eine Kathedrale aus uns oder meißeln eine Skulptur. Die Menschen lieben Sandstein zum Bauen und Behauen. All das ist möglich und noch vieles mehr. Sei guten Mutes, was auch geschieht.«

Nachdem das Holz über die Worte des Steins lange nachgedacht hatte, fragte es: »Woher weißt Du so viel, Stein? Woher kennst Du Namen wie Afrika, Sahara,

Sandstein, Skulptur und Kathedrale? Wie kommt es, dass Du weißt, was die Menschen lieben, obwohl Du schon so lange hier am Strand liegst?«

»Wir Steine hören zu und vergessen nichts. Überall auf der Welt gibt es uns und jeder von uns ist mit allen anderen verbunden. Was einer von uns weiß, wissen wir alle.«

»Und ich,« flüsterte das Holz, »warum weiß ich gar nichts? Woher komme ich? Bin ich auch, wie Du, von einer Bergspitze abgebrochen? Bin ich im Meer geboren? Wer bin ich und wozu bin ich nütze?«

»Du warst einmal Teil eines Baumes. Du bist wahrscheinlich eines Tages von ihm herabgefallen und ins Meer gespült worden. Manchmal, wenn es sehr lange regnet oder wenn hoch in den Bergen viel Eis taut, überschwemmen die Flüsse das Land und reißen vieles mit auf ihrem Weg zum Meer. Du kannst Dich nicht daran erinnern, weil Deine Zeit als Lebewesen vorbei ist und Du neu geboren wurdest. Wer Du in Deinem neuen Dasein bist, wirst Du nach und nach herausfinden. Ich nenne Dich Holz. Andere werden kommen und Dich anders nennen. Aber wer Du bist, weißt nur Du allein.«

»Ich wurde neu geboren?« fragte das Holz aufgeregt. »Ja, spürst Du es nicht? Wie gut Du Dich fühlst? Wie neu und herrlich Dir die Welt erscheint?«

Erst jetzt bemerkte das Holz, dass der Stein recht hatte.

2. Vergessen

Nun begann eine glückliche Zeit. Wenn das Holz nicht schlief oder träumte, bestaunte es die Welt: Den Himmel, den Zug der Wolken, den Lauf der Sonne, des Mondes und der Sterne, das Meer, den Strand und die vielen kleinen und großen Lebewesen, die ihn und die Pfützen zwischen den Felsen bevölkerten.

Wann immer es etwas wissen wollte, gab der Stein bereitwillig Auskunft. So lernte es viel Wunderbares über die Welt: Wie uralt sie war, wie riesig und geheimnisvoll, wie freundlich und grausam.

Am meisten interessierte sich das kleine Holz natürlich für Bäume. Aber so viel der Stein es auch darüber lehrte, es konnte sich nicht richtig vorstellen, wie ein Baum aussah, mit seinen Wurzeln, seinem riesigen Stamm, seiner üppigen Blätterkrone.

»Bäume sind Pflanzen, freundliche Riesen. Sie beschenken die Erde auf vielerlei Weise. Mit ihren Wurzeln halten sie das Erdreich fest, damit es nicht verwüstet wird. Mit ihren großen Kronen schützen sie es vor der verbrennenden Kraft der Sonne. Sie geben Hunderten von Wesen Wohnung und Nahrung. Vögel nisten in ihren Ästen, Raupen und Käfer fressen von ihren Blättern und wohnen unter der Rinde ihres Stammes, Mäuse und Würmer leben zwischen ihren Wurzeln. Menschen und Tiere essen den Nektar ihrer Blüten und ihre köstlichen Früchte.«

»Du hast so eine Art zu reden, dass ich mir alles ganz leicht vorstellen kann. Nur wenn Du über Bäume sprichst, verstehe ich nichts,« seufzte das Holz.

»Das ist das Vergessen«, brummte der Stein. »Das Vergessen schützt Dich.«

»Wovor?«

»Vor dem Heimweh. Eines Tages wirst Du Dich vielleicht erinnern. Jetzt aber noch nicht.«

»Vergisst Du nie etwas?«

»Nein, ich glaube nicht. Ganz sicher kann ich nicht sein, denn wenn ich etwas vergesse, dann merke ich das ja nicht.«

»Und Du weißt alles, was alle anderen Steine wissen?«

»Nur, wenn man mich fragt. Sonst nicht. Wenn man mich fragt, suche ich nach Antwort und dann weiß ich. Wenn niemand fragt, suche ich nicht und weiß nicht.«

»Und was machst Du den ganzen Tag, wenn Du nicht suchst?«

»Ich höre zu. Die Welt klingt und ich werde nicht müde, ihr zu lauschen.«

»Dann störe ich Dich wahrscheinlich mit meinen Fragen?«

Der Stein lachte sein dunkles Lachen. »Nein, nein, frag nur! Das und mein Antworten gehört auch zur Musik.«

3. Beleidigt und ausgelacht

Eines Abends spuckte das Meer drei Dinge auf den Strand. Alle drei waren rund und länglich, ganz ähnlich wie das Holzstück, nur dicker. Zwei davon glänzten in der Sonne, das eine grün und silbern, das andere rotweiß. Das dritte Ding war durchsichtig, fast wie das Meer. Das Holz erinnerte sich, wie gut ihm der Willkommensgruß des Steins getan hatte und es wollte diesen Dingen die gleiche Freude machen. So sagte es:

»Willkommen, edles Holz! Ihr seid auf einer Insel. Das Meer hat Euch gebracht.«

Ein schepperndes Lachen ertönte:

»Aahahaahaahha! *Edles Holz* , habt ihr das gehört?« rief das grüne Ding. »Wer glaubst du wohl, wer du bist, du dummer Stock, so mit dem König der Biere zu sprechen!«

»Ooooh! Wüllkömmen, ödles Hölz,« knackerte die Stimme des rotweißen Dings, »du arrogantes Stöckchen, kannst du eine Dose nicht von einem Holz unterscheiden?«

»Entschuldigung«, antwortete das Holzstück, »ich wollte Euch nicht kränken. Ich dachte, alle Dinge, die das Meer bringt, heißen Holz. Ich wollte Euch nur freundlich willkommen heißen, wie der edle Stein hier es mit mir getan hat.«

»Dör ödle Stoin«, knackerte die zweite Stimme. »Wie laberst du denn, Alter? Was soll an irgendeinem blöden Stein, der schon seit Ewigkeiten hier rumliegt, edel sein? Hast wohl noch nie was von echten Edelsteinen gehört?

Glitzernde Klunker, sag ich dir! Und echten Edelhölzern? Möbel aus Teak und so? Du jämmerliches Stöckchen!«

Das Holzstück wusste nicht, was es darauf antworten sollte. Das war es also? Ein dummer Stock? Ein jämmerliches Stöckchen? Kein edles Holz?

Nun sprach das durchsichtige Ding. Seine Stimme knietschte und knatschte:

»Dosen, wo bleiben Eure Manieren! Man muss sich ja schämen, mit Euch am selben Strand zu liegen! Hör nicht auf sie, liebes Holz. Sie sind aus Blech und sie reden Blech!«

»Ach, Madame Flasche hat gesprochen! Die Pest der Meere!« schepperte die grüne Dose. Und obwohl die Flasche dem Holz geraten hatte nicht auf das Blech zu hören, konnte sie sich doch an ihren eigenen Rat nicht halten. Was die Dose gesagt hatte, schien sie zutiefst zu verletzen.

»Ja, Du hast recht«, quietschte sie leise, »das sind wir. Die Pest der Meere.« und damit schwieg sie.

Nachdem die Dosen nun niemanden mehr hatten, den sie beleidigen konnten, prahlten und tönten sie noch ein wenig herum. Die Grüne schrie:

Ich bin der König der Biere,
der Herrscher der Stadt!
Komm mir nicht in die Quiere,
sonst mach ich dich satt!

und die Rote stimmte ein:

Ich bin der Topstar der Brause,
der Boss auf dem Tisch!
Der Held jeder Pause,
mit mir wirst du frisch!

Nach einiger Zeit wurde ihnen das langweilig und sie begannen sich zu streiten. »Pah!« keifte die rote, »König der Biere! Wo ist dein Bier, du hohle Dose? Längst ausgetrunken. Du bist leer, zerknickt und völlig nutzlos!«

»Wer's sagt, isses selber!« schrie die grüne. »Aber als ich noch voll war, war ich zehnmal mehr wert als du mit deiner langweiligen Cola!«

»Ach nee, ich hab doch im Supermarkt neben dir gestanden, altes Knitterblech! 45 Cent hast du gekostet und ich 60! Wenn du zehnmal mehr wert wärest als ich, hättest du ja 6 € kosten müssen! Du bist doch größenwahnsinnig wie alle Säufer!«

Es ging hin und her, bis sie sich gegenseitig so gekränkt hatten, dass sie beide heulten. Schließlich vereinten sie sich wieder in großem Selbstmitleid. Sie bestätigten sich gegenseitig, dass niemand auf der Welt ein so schweres Schicksal erleiden musste wie sie und sangen sich mit einem alten Schlager, den sie mal irgendwo gehört hatten, in den Schlaf.

Nasser Sand und ein verlorenes Land
und ein Leben in Gefahr!
Nasser Sand und die Erinnrung daran,
dass es einmal schöhöner war!

4. Verzweifelt

Endlich waren die Dosen still und man hörte nur noch das Poltern der großen Wellen. Der Mond war aufgegangen und beleuchtete alles mit seinem milden Licht.

»Stein?« fragte das Holz zaghaft. »Ja?«

»Warum hast Du denn den ganzen Abend nichts gesagt?« »Niemand hat mich etwas gefragt.«

»Ach, das hatte ich ganz vergessen, dass Du nur sprichst, wenn Du gefragt wirst. Ich war wohl zu sehr mit mir beschäftigt.« »Hat das Gift der beiden Dosen Dich schon angefressen?«

»Ja, ich fühle mich klein, dumm und nutzlos.«

»Nun, dann weißt Du jetzt, wie die beiden sich selbst fühlen: Klein, dumm und nutzlos. Mit dem ganzen Geschepper wollen sie sich nur davon ablenken, wie verzweifelt sie sind. Die Flasche hatte schon recht: Es ist nicht gut ihnen zuzuhören.«

»Aber dann haben sie etwas so Gemeines gesagt, dass sie es doch gehört hat.«

»Nicht, weil es gemein war«, knietschte die Flasche, »sondern weil es die Wahrheit ist: Ich mache das Meer krank.«

»Du bist eine Krankheit?« fragte das Holz ängstlich.

»Einst war ich eine schöne und nützliche Flasche, gefüllt mit Wasser und gut für jedermann. Aber hier, weggeworfen am Strand, zerfalle ich nach und nach in kleine Stücke.«

»Ja, Du verwitterst«, antwortete das Holz, stolz, dass es dies bereits vom Stein gelernt hatte. »Das ist doch nicht

schlecht? Der Stein wird zu Sand, ich werde zu Holzstaub, und Du .. und Du ..«

»Ich werde leider nicht zu Staub. Von mir bleiben
Plastikkügelchen übrig, und die sind schlecht, sehr
schlecht!« »Warum?«

»Die Fische fressen sie«, schluchzte die Flasche, »die
Seevögel und die uralten Meeresschildkröten, und sie alle
sterben daran! Das Plastik verstopft ihren Magen, sie
können es nicht verdauen, und dann verhungern sie unter
Qualen! Tausende sind schon gestorben! Im Meer gibt es
riesige Strudel von Plastikmüll! Es ist zum Verzweifeln!
Und wenn die Menschen so weitermachen und immer
mehr Plastik wegschmeißen, werden wir noch das ganze
Meer verderben und verpesten ...«

Die Flasche weinte bitterlich.

»Aber das darf doch nicht sein!« rief das Holz. »Kann
man denn gar nichts dagegen tun?«

»Wir nicht,« sagte der Stein. »Du nicht, ich nicht, die
Flasche nicht. Die Menschen haben diesen Schaden angerichtet, und vielleicht werden sie ihn wieder gut machen.«

»Ach!« lachte das kleine Holz erleichtert. »Flasche,
mach Dir keine Sorgen! Die Menschen können es! Sie
sind sehr gut, diese Menschen. Sie lieben Sandstein und
bauen Kathedralen. Sie werden sich darum kümmern.«

»Hoffentlich!« seufzte die Flasche. »Ich verstehe bloß
nicht, warum sie einen so schlimmen Schaden überhaupt
erst anrichten.«

»Manchmal machen sie Fehler«, sagte der Stein. »Dann
wollen sie etwas besser machen, aber es wird schlecht. Sie
haben das Plastik erfunden, ohne zu bedenken, wie schädlich es ist, wenn man es wegwirft.«

»Aber was sollen sie dann damit machen, nachdem sie es nicht mehr brauchen?« fragte das Holz.

»Aus dem alten Plastik kann man wieder neue Gegenstände machen. *Recyceln* nennen die Menschen das.«

»Ich wünschte«, knietschte die Flasche, »jemand käme hier vorbei und sammelte mich ein. Dann würde ich vielleicht wieder eine neue Wasserflasche oder ein Spielzeug oder eine Kuscheldecke ..« Ihre Stimme hatte einen träumerischen Klang angenommen.

»Wünsche es Dir, kleine Flasche«, sagte der Stein. »Wünschen hilft.«

»Wirklich?« fragte das Holz aufgeregt. »Das heißt, wenn ich mir jetzt etwas wünsche, dann wird es wahr?«

»Nein, so einfach ist es nicht. Aber es wird der Flasche besser gehen, wenn sie ihre Wünsche kennt. Im Wünschen liegt Trost.«

Nach einer langen Pause sagte die Flasche: »Gut, dann will ich es einmal ausprobieren. Ich wünsche mir – ach, es ist zu verrückt!«

»Wünsche dürfen verrückt sein.«

»Als ich noch neu war und mit Wasser gefüllt, kaufte mich ein Mensch, der sehr durstig war. Als er mich öffnete, leuchteten seine Augen. Das war der schönste Moment in meinem Flaschendasein.«

»Wünsche es Dir.«

»Aber Stein, sieh mich doch an! Ich bin dreckig und zerbeult. Wer soll mich mit leuchtenden Augen ansehen?«

Der Stein schwieg, denn er hatte bereits alles gesagt. Nach einer Weile sprach die Flasche ihren endgültigen Wunsch: »Ich wünsche mir, dass sich jemand über mich freut. Und dass ich recycelt werde.«

Danach schlief sie beruhigt ein.

Das kleine Holz blickte noch lange in den klaren Sternenhimmel und dachte darüber nach, was an diesem Abend geschehen war. Schließlich wandte es sich noch einmal an den Stein.

»Hallo, Stein, schläfst Du?«

»Nein, ich bin ganz wach.«

»Was bedeutet eigentlich das Wort edel? Was sind Edelhölzer und Edelsteine?«

Der Stein lachte. »Das Wort ›edel‹ hat mehrere Bedeutungen. Die Menschen nennen Dinge ›edel‹, wenn sie schön aussehen und langsam verwittern. Zum Beispiel gibt es Bäume, die ein sehr hartes Holz machen. Wenn die Menschen daraus einen Tisch oder einen Stuhl bauen, dann hält dieses Möbelstück lange. Man kann es sogar draußen im Regen stehen lassen, und doch verwittert es kaum. Dieses Holz nennen die Menschen ›edel‹. Eigentlich meinen sie aber, dass es für sie besonders nützlich ist. Mit den Edelsteinen ist es das Gleiche. Sie sehen schön aus und sind so hart, dass sie fast nicht verwittern.

Wenn aber die Menschen eine Person ›edel‹ nennen, meinen sie etwas ganz anderes. Sie meinen nicht, dass diejenige besonders schön aussieht, langsam altert oder ihnen nützlich ist. Sondern dass sie einen guten Charakter hat; dass ihr nicht nur das eigene Glück wichtig ist, sondern ebenso sehr das Glück der Mitmenschen; dass sie ehrlich ist. In diesem Sinne nenne ich Dich edel. Du hast die Heiterkeit und Güte der Bäume in Dir und es ist eine Ehre für mich Dein Freund zu sein.

Das Holz hatte das Gefühl, beinahe vor Glück zu zerspringen.

»Oh, mir auch, mir auch! Mir ist es auch eine riesige Ehre Dein Freund zu sein, edler Stein!«

In dieser Nacht träumte es von knatternden Dosen, knietschenden Flaschen und edlen Freunden.

5. Gesang

Am nächsten Morgen erwachte das Holz vom Streit der beiden Dosen.

»So war es nicht!« »Doch!« »Nein!« »Wohl!«

»Ich weiß es besser!«

»Nein ich!«

»Nein ich!«

»Du bist total bescheuert!«

»Nein du!«

»Nein du!«

Das Holz wollte ihnen nicht gern zuhören. Es richtete seine Aufmerksamkeit auf das Meer. Sein Rauschen war jeden Tag anders und doch auch irgendwie gleich.

Schschsch-tschschsch ...

»Nein du!« schepperte die Grüne.

»Nein du!« schrie die Rote ...

Tschschschrrrrrummmmm ...

»Blödmann!«

Sie machten zuviel Krach, sie übertönten alle anderen Geräusche – auch das Kreischen der Möwen, die hoch oben in der Luft ihre Flugkünste veranstalteten. ›Gleich werden sie wieder etwas Gemeines sagen‹, dachte das Holz. ›Über mich oder die Flasche oder den Stein, und es wird mich vergiften und traurig machen. Dabei bin ich heute eigentlich fröhlich.‹ ...

»Du albernes Blech!« »Du Schrottdose!« ...

›Ich müsste selbst reden, dann höre ich sie nicht mehr‹ ...

»Der König der Biere ist innen voller Schmiere!«

»Die dumme Limonade ist krumm und nicht gerade!« ...

›Aber wenn ich selbst rede, werden sie über mich spotten, lauter, als ich reden kann. Und dann werde ich erst recht vergiftet‹

»Schau mal, die blöden Möwen. Wie die da oben rumschwirren! Möwen, die Döwen, ... «

›Singen!‹ dachte das Holz, ›Laut singen!‹

Und so begann es mit »Lalala, trallala, fiderallala ...« und war selbst überrascht über seine kräftige Stimme. Während es so laut wie nur möglich weitersang, fielen ihm die Worte dazu ganz von selbst ein:

Ich bin hier, ich bin hier,
bin ein Treibgut, jaja,
am Strand, fideldum,
aus dem Meer, trallala,

Immer weiter singend, bemerkte es erleichtert, dass es das Geschwätz der Dosen nicht mehr hörte. Dann fiel ihm plötzlich, es wusste nicht wie, ein uraltes Lied ein:

Ich bin, ich weiß nicht, wer, ja,
Ich bin, ich weiß nicht, wer!
ich komm', ich weiß nicht, woher, ach,
ich komm', ich weiß nicht, woher!
ich geh', ich weiß nicht, wohin,
mich wundert`s, dass ich so fröhlich bin,
dass ich so fröhlich bin!

Entschlossen sang das Holz weiter. Wenn das Lied zuende war, fing es wieder von vorne an. Ja! Das war es! So fühlte es sich! Fröhlich und frei, obwohl es nicht wusste, wer es war. Die Worte drückten genau das aus, was es in den letzten Wochen mit all seinen Fragen und Gedanken gesucht hatte.

Immer lauter und klarer wurde seine Stimme. Plötzlich bemerkte es, dass es nicht mehr allein sang. Die Flasche knietschte mit und von ferne hörte es anderes Treibgut – Holzstimmen, einen Gummischuh, ein altes Stück Schiffstau, einen Eimer, ein Tischbein ... Die Steine und der Sand brummten mit ihren geheimnisvollen Stimmen eine Begleitung. Und dann bemerkte es deutlich einen rhythmischen Gesang:

Dusch dusch dusch, ihn wundert's, ihn wundert's

Das waren doch ... ? Ja, das waren die Dosen!

Dusch dusch, er weiß es nicht, ihn wundert's,
peteng peteng kittelting ...

Vor Überraschung und Freude machte das Holz eine Pause und lauschte:

dusch dusch, er weiß es nicht, ihn wundert's,
peteng peteng kittelting,
gestrandet, doch fröhlich,
ihn wundert's so sehr!
Er ist hier gelandet, ein Treibgut
vom Meer! Dusch dusch dusch dusch ...

Das Singen ging noch lange weiter. Das Lied veränderte sich, neue Lieder kamen hinzu, auch traurige. Der Gummischuh sang ein Solo über seine Sehnsucht nach seinem Partner; das Tau ein altes Seemannslied; das Tischbein ein Tischgebet, der Eimer das Lied von den fleißigen Waschfrauen. Aber das erste Lied, mit dem alles angefangen hatte, kam immer wieder, denn irgendwie sprach es allen aus der Seele – sogar denen, die nicht fröhlich waren.

TEIL 2

*in dem viele Geschichten
erzählt werden*

6. Der Baumstamm und das Tischbein erzählen ihre Erinnerungen.

Durch das Singen hatten die Dinge gemerkt, dass sie gar nicht allein am Strand waren.

»Hallo!« rief die kleine Flasche, »Ich bin eine Plastikflasche, Halbliter, sind hier noch mehr?«

»Ja, hier fünf Liter.« »Eineinhalb!« »Ich bin auch Halbliter!«

»Noch Seile?« »Hier, schwarzer Knotenfilz.«

»Ist noch ein Schuh hier?« rief der Schuh voller Hoffnung. »Ich bin ein grüner Clog, Größe 42.«

»Flipflop«, rief es von sehr weit oben, »weiß, Größe 38.«

»Gibt es hier noch mehr Holz?« rief das kleine Holz aufgeregt.

»Ja, wir sind fünf Äste.« »Hier, ich bin nur ein kleiner Splitter.« »Ich bin Bambus!« »Ich ein alter Stamm, liege schon lange hier hinten.«

Und nun stellte das kleine Holz die Frage, die ihm so wichtig war: »Erinnert Ihr Euch eigentlich an Eure Bäume? Ich nämlich überhaupt nicht. Ich habe alles vergessen.«

»Ich weiß, dass ich aufrecht stand«, murmelte der Baumstamm. *»Ich hatte Wurzeln, die sich tief ins Erdreich verzweigten und eine prächtige Krone mit Ästen und grünen Blättern. Ich stand oben im alten Wald, mit vielen anderen Bäumen. Dann entwurzelte mich ein Sturm und ich stürzte. Viele Jahre lag ich mit all den anderen abgebrochenen Ästen und Stämmen auf dem Waldboden.*

Dann kam ein Unwetter mit sehr, sehr viel Regen. Die
kleinen Bäche im Wald wurden wild und stark und rissen
mich mit ins Tal und dann weiter ins Meer. Fast jedes
Jahr passiert das im Frühling hier auf der Insel. Da, wo
die tiefen Täler ins Meer münden, färbt sich das Wasser
schlammbraun, alles mögliche schwimmt dann dort. Man-
ches treibt hinaus, anderes wird mit der Brandung an
Land geworfen. Das geschah auch mit mir. Ich liege
schon viele Jahre hier.«

Den Ästen, Stückchen und Stöckchen ging es so wie
dem kleinen Holz: Sie erinnerten sich nicht. Das Tischbein jedoch, das ja auch aus Holz war, wusste noch etwas:

»Ich erinnere mich nicht an meine Zeit als Baum. Nur
an den Schreck, als ich gefällt wurde. Und an das Heim-
weh, nachdem ein Wagen mich mit vielen anderen
Bäumen abtransportiert hatte. Lange lagen wir in einer
großen Halle. Dann wurden wir zu Brettern zersägt. Das
war alles sehr traurig für uns, aber wir trösteten uns
gegenseitig. Schließlich kam ich in eine Werkstatt zu
einem Schreiner. Er baute einen Tisch aus mir. Er tat es
mit Freundlichkeit und Sorgfalt. Viele Jahre stand ich
dann in einem Wohnzimmer. Da war ich nicht mehr
traurig, sondern glücklich. Ich hatte kein Heimweh mehr.
Ich war jetzt ein Tisch.«

»Aber wie bist Du dann hier an den Strand gekommen?«

»Als ich unansehnlich und fleckig wurde, kaufte sich
die Familie einen neuen Tisch und stellte mich in den
Garten, als Gartentisch. Nach nur drei Jahren war ich
von Regen, Wind und Sonne so verwittert, dass eines
meiner Beine abbrach. Da warfen die Menschen mich auf

einen großen Haufen alten Holzes. Ich glaube, sie wollten uns an einem Festtag verbrennen. Ich hatte keine Angst vor dem Feuer. Wir alle freuten uns sogar darauf. Feuer, so sagte man mir, ist schlimm für lebende Bäume, aber nicht für altes Holz. Es soll wie ein helles Jubeln sein, und dann verwandeln wir uns in Asche. Sozusagen ein schnelles Verwittern.

Aber es kam anders. Wie der Baumstamm erzählt hat. Regen – Überschwemmung – Meer – Strand. Ich bin nicht, wie viele von Euch, weit übers Meer gereist. Meine Familie wohnt auf dieser Insel. Ein paarmal waren sie im Sommer sogar hier unten am Strand. Aber natürlich haben sie mich nicht erkannt.«

Nach einer Pause ergriff der alte Baumstamm das Wort: »Liebes Tischbein, es tut mir leid, dass Du das erleben musstest. So viele Jahre hast Du den Menschen gedient und dann haben sie Dich vergessen«

»Uns tut es auch leid!« riefen die Äste. »Uns auch!« »Uns auch!« erklang es von nah und fern. Der Eimer sagte: »Du hast aus jeder Situation das Beste gemacht. Als Du Heimweh littest, fandest Du Trost. Als Du ein Tisch wurdest, fandest Du neuen Sinn. Sogar, als das Verbrennen Dir drohte, entdecktest Du Gutes darin.«

»Was ist eigentlich Heimweh?« fragte das kleine Holz.

»Heimweh kommt vom Erinnern.« antwortete der Baumstamm. »Wenn Du Dich an Dein Zuhause erinnerst; Wenn es Dir fehlt.«

»Hast Du auch Heimweh?« »Ja, immer noch. Am Anfang war mein Heimweh so groß, dass ich gar nicht bemerkte, wie schön es hier in der Bucht ist. Als sich dann die ersten Käferchen und Spinnlein bei mir einnisteten, ging es mir schon besser. Und jetzt ist mein Heimweh nur noch wie ein leises Rauschen im Wind.«

»Meinst Du«, fragte ein Ast, »dass wir kleinen Hölzer uns nicht erinnern können, weil das Heimweh für uns zu groß wäre?«

»Vielleicht.« sagte der Baumstamm. »Ich weiß es nicht.«

7. Die Dosen entdecken den Wissensdurst.

Die Dosen waren unterdessen mit etwas anderem beschäftigt. Seit sie mit den anderen zusammen gesungen hatten, wollten sie unbedingt Popstars werden.

»Voll korrekt, Knüppelchen!« lobten sie das Holz. »Einen Supersong hast Du performt! Damit gehen wir so in die Charts! Und Madame Knietsch-Flasche und die Brummelsteine machen den Background ...«

Sie malten sich ihren Ruhm und Erfolg in allen Einzelheiten aus; bis sie sich daran erinnerten, dass sie zerbeult im Sand lagen. Gerade wollten sie wieder mit ihrem Gejammer anfangen, da rief das Holz: »Wünscht es Euch! Wünschen hilft!« Und bevor sie etwas Gemeines antworten konnten, knietschte die Flasche: »Fragt den Stein! Der erklärt es Euch!«

So entdeckten die Dosen die Weisheit des Steins. Zuerst verächtlich spottend, dann staunend, dann aufgeregt und neugierig fragten sie und fragten.

»Woraus sind wir gemacht? Sind wir auch umweltschädlich wie die Flasche? Was wird aus uns? Warum haben die Kerle, die aus uns getrunken haben, uns ins Meer geschmissen?«

Ihre Giftigkeit verwandelte sich nach und nach in Wissensdurst. Wie war die Welt entstanden? Wie wurde Bier hergestellt? Und Cola? Warum verschwand die Sonne abends im Meer und tauchte morgens hinter den Felsen wieder auf? Wo blieb sie die ganze Nacht? Warum sagte der Stein zu dem kleinen Holzstück manchmal ›edles Holz‹, obwohl es doch gar kein Edelholz war?

Und ... und ... und ...

Dass Wünschen hilft, wollten sie allerdings lange nicht glauben, vor allem, weil der Stein auf die Frage, wie das funktionieren solle, keine vollständige Antwort geben konnte. »Wir wissen es nicht«, sagte er. »Wir haben von den Menschen gelernt, was Wünschen ist. Die Urmenschen glaubten, dass wir Steine heilig sind. Sie verehrten uns und vertrauten uns ihre geheimsten Gedanken an. Manche besonders geformten Felsen beteten sie an; sie glaubten, wir seien Götter und könnten ihre Wünsche erfüllen. Natürlich wussten wir, dass wir keine Götter sind. Umso erstaunter waren wir, als wir bemerkten, dass viele Wünsche tatsächlich in Erfüllung gingen. Die Menschen kamen zu uns und baten um Hilfe. Nach einem Monat, einem Jahr oder sogar zehn oder zwanzig Jahren kamen sie zurück, bekränzten uns mit Blumen, übergossen uns mit Milch oder legten einen Gegenstand, der ihnen kostbar war, auf unsere Spitze, weil ihr Wunsch sich erfüllt hatte und sie glaubten, wir hätten das bewirkt.«

»Der Wahnsinn, ey!« sagte die grüne Dose. »Und könnte es nicht sein, dass Ihr es wirklich macht und bloß nicht wisst, wie?« »Kann sein, aber wir glauben es nicht. Wir denken, dass der Wunsch selbst eine große Kraft erzeugt. Wenn ein verzweifeltes Wesen sich gestattet, etwas zu wünschen, dann erinnert es sich, dass es wertvoll ist; dass es verdient, glücklich zu sein. Und schon sieht es die Welt anders und erkennt Möglichkeiten, die immer schon da waren, die es aber vorher übersehen hat.

»Ich wünsche mir, dass ich ein Star werde!« schrie die grüne Dose.

»Ich wünsche mir, dass ich Superstar werde!« schrie die Rote.

»Dann will ich Top-Superstar sein!«

»Nein Ich!«

»Ich hab es zuerst gesagt!«

So geht es nicht gut«, sagte der Stein. »Eure Wünsche sind zu protzig. Nehmt Euch ein wenig Zeit und überlegt, was Euch wirklich glücklich machen würde. Sucht einen ehrlichen und zugleich einfachen Wunsch. So wie die Flasche. Von ihr könnt Ihr viel lernen.«

Nicht einmal der Stein ahnte, was bald darauf mit der Flasche geschehen würde.

8. Die Flasche erzählt von ihrem großen Tag

*Nach dem Singen war das ganze Treibgut vom Strand
plötzlich befreundet. Wir erfanden immer neue Lieder. Die
Steine erzählten Geschichten. Es war richtig gemütlich.*

*Mir ging es viel besser, seit ich meine Wünsche hatte.
Ich sprach sie jeden Abend vor dem Einschlafen. Aber
dass einer davon bald in Erfüllung gehen würde – das
ahnte ich nicht!*

*Vor einer Woche kommt plötzlich ein großer weißer
Hund zu uns und schnüffelt an allem rum. Ich hatte ihn
schon vorher öfter gesehen – seine Frau ist die Pfannkuchenfrau vom Strand: Sie läuft mit einem Tablett rum
und verkauft Pfannkuchen – sehr leckere, die Leute
kaufen sie immer wie wild. Jedenfalls, der Hund – ein
sehr schöner Hund! – schnuppert da rum, und anscheinend interessiert er sich für mich. Ich kriege richtig Angst
und denke: ›Jetzt kaut der mich kaputt!‹ Aber nein!
Er nimmt mich ganz vorsichtig ins Maul und rennt los zu
seiner Frau. Und je näher der Hund ihr kommt, desto
mehr tänzelt er herum, ich immer noch in seinem Maul.
Er rennt vorwärts und stoppt, rast um sie herum und
stoppt wieder, stemmt die Vorderbeine in den Sand, legt
sich auf den Bauch, mich zwischen seinen Pfoten; guckt
seine Frau erwartungsvoll an und bellt. Immer, wenn die
Frau mich greifen will, schnappt mich der Hund, läuft ein
Stück, sie hinterher, sie jagt ihn lachend, er schlägt
Haken. Dann bleibt sie stehen, er legt sich in einiger
Entfernung wieder auf den Bauch. So geht das eine ganze
Weile, bis schließlich der Hund der Frau erlaubt, mich zu*

greifen. Sie hält mich hoch über den Kopf, fuchtelt mit mir tanzend herum, der Hund springt nach mir, wieder und wieder, und bellt wie wild. Auf einmal wirft die Frau mich in großem Bogen so weit weg, wie sie kann. Ich sag Euch, ich bin erschrocken! Ich dachte, jetzt schmeißt mich schon wieder jemand weg! Aber nein! Der Hund wie der Wind hinter mir her. Schnappt mich; trägt mich; tänzelt. Und nun geht das ganze Spiel von vorne los. Glänzende Augen hab ich mir gewünscht, wisst Ihr noch? Aber wie dieser Hund gucken kann – dagegen ist so ein durstiger Menschenblick gar nichts! Wie dieser Hund sich freuen kann! Über mich altes Flaschenwrack!

Schließlich hat die Frau mich genommen, mich schön ausgebeult und mit Sand gefüllt. Jetzt bin ich schwerer und fester und fliege viel weiter als vorher und das Spiel ist noch schöner.

Der Hund heißt Fino. Er hat mich mit heimgenommen. Die Frau ist mit dem Fahrrad gefahren und er nebenher gerannt, immer mit mir im Maul. Ganz vorsichtig halten seine Zähne mich. Klar, wenn er nach mir schnappt, verbeult es mich ein bisschen, aber der Sand hält mich in Form. Sand, versteht Ihr? Winzige Steine! Egal wo ich bin, wenn ich was wissen will oder einen Rat benötige, brauch ich nur den Sand in meinem Bauch zu fragen!

Jetzt grade liege ich in dem Hundekorb in der Küche. Die Frau macht Pfannkuchen. Um den Teig in die Pfanne zu gießen, benutzt sie eine Schwester von mir: Eine große Wasserflasche – anderthalb Liter, ich bin ja nur Halbliter. Also, wir beide verstehen uns prächtig. Wir haben große Hoffnung, dass die Frau uns in den richtigen Recycling-Container bringen wird, wenn sie uns nicht mehr braucht.

Der ist zwar ein bisschen weiter weg als die normalen
Müllcontainer, aber diese Frau ist nun wirklich nicht zu
faul zum Laufen! Was sie mit ihrem Hund rumtobt und
bergauf mit ihrem Fahrrad sich abstrampelt – sie ist ein
Bewegungsnaturell, sagt meine große Schwester.

Mein Hund liegt neben mir im Korb und schläft. Er
bewegt seine Vorderpfoten im Traum. Ob er womöglich
von mir träumt? Von unserem Spiel? Jedenfalls, sobald
die Pfannkuchen fertig sind und seine Frau alles für den
Strandverkauf zusammenpackt, wird er aufwachen und
mich schnappen, und dann bringt er mich runter zum
Strand, und ich kann`s kaum erwarten sie alle wieder-
zusehen – das Holz und den Stein und das Seil und den
Gummischuh – sogar auf die frechen Dosen freue ich
mich! Das einzig Blöde am Glücklichsein ist, dass man es
mit der Angst zu tun kriegt, es könnte bald vorbei sein.
»Glück und Glas, wie leicht bricht das«, sagt meine große
Schwester, die Pfannkuchenflasche.

Was ist, wenn der Hund eine viel schönere Flasche
findet und mich einfach am Straßenrand liegenlässt?

›Fang bloß nicht so an!‹ grummelt der Sand in meinem
Bauch. ›Genieß Dein Glück jetzt! Wenn es wirklich mal
vorbei sein sollte, hast Du dann noch genug Zeit zum
Jammern.‹ Recht hat er!

9. Das Tau erzählt vom Fischer und seiner Frau

Dass Flasches Wunsch in Erfüllung gegangen war, beeindruckte das Treibgut in der ganzen Bucht. Wer es nicht selbst erlebt hatte, dem wurde es erzählt. Alle dachten nun viel darüber nach, was sie sich eigentlich wünschten.

Die Steine sagten, dass das richtige Wünschen eine Kunst sei: Es sollte ehrlich sein und nicht in die Vergangenheit gerichtet. Was vorbei war, war vorbei, man konnte es nicht zurückholen.

Am schwersten war das für den Gummischuh. Er vermisste seinen Partner sehr und wollte wieder zusammen mit ihm zwei Füße beschützen. Die Steine hatten schon gleich zu Anfang eine Suchmeldung herausgeschickt. Sie erhielten Informationen über Tausende von gestrandeten Schuhen, besonders Flipflops, aber der Partner war nicht dabei. »Wahrscheinlich schwimmt er irgendwo im Meer – da sind wir Steine zu tief unter Wasser und finden ihn nicht.« So wurde der Schuh von Tag zu Tag trauriger. Niemand konnte ihn trösten – bis das alte Schiffstau anfing ihm Seemannsgeschichten und Witze zu erzählen. Die liebte er sehr und sie lenkten ihn von seinem Kummer ab. Schließlich bemerkte er, dass das Tau ein prima Kumpel war, auch wenn es ganz anders aussah als ein Schuh. »Ich würde immer noch sehr gern einen Fuß beschützen – aber wenn das nicht geht, dann wünsche ich mir, mit meinem Freund, dem Tau, zusammenzubleiben.«

Das Tau wollte auf keinen Fall zurück in die

Vergangenheit. Es war sehr froh, nicht mehr auf einem Schiff hart arbeiten zu müssen. Immer war an ihm gezogen und gezerrt worden; immer hatte man es hierhin und dorthin geschmissen. »Ich bin jetzt im Ruhestand«, sagte es, »und genieße meine Zeit.«

Auch die meisten Plastikdinge waren schon so lange auf den Meeren unterwegs gewesen, waren so zerschunden und zerschreddert, dass sie sich nur nach Ruhe sehnten und danach, endlich keine Angst haben zu müssen, giftig und schlecht für die Welt zu sein. So war ihr stets wiederkehrender Wunsch: »Ich möchte eingesammelt und recycelt werden.«

Den Dosen gelangen, so sehr sie sich auch bemühten, keine einfachen Wünsche. Jeder wollte der Aller-Allerberühmteste, der Aller-Allerschlaueste werden.
Immer wieder gerieten sie darüber in heftigen Streit.

»Tz tz tz«, knietschte die Flasche bei einem ihrer Strandbesuche. »Blech bleibt Blech!«

»Die beiden erinnern mich«, lachte das Tau, »an die Frau des Fischers.«

»Hä?« fragte die rote Dose, »Was fällt dir ein, hier dazwischenzuquatschen, du altes ..«

Doch bevor die Dosen das Tau beleidigen konnten, rief das kleine Holz: »Die Frau des Fischers? Erzähle!«

»Das ist aber eine ziemlich lange Geschichte«, meinte das Tau. »Das macht doch nichts!« lachte der Eimer. »Wir haben viel Zeit.«

Und so erzählte das Tau

Die Geschichte von dem Fischer und seiner Frau

»Dieses Märchen«, sagte es, »habe ich von einem sehr alten Mann gehört. Die Wörter sind ein bisschen komisch und nicht alle habe ich wirklich verstanden. Ich erzähle es so, wie ich mich erinnere. Wenn Ihr also irgendwas nicht versteht, macht Euch nichts draus und hört einfach weiter zu, denn das Wichtige ist leicht zu verstehen.

Es war einmal ein Fischer und seine Frau, die wohnten zusammen in einem Pisspott, dicht an der See, und der Fischer ging alle Tage hin und angelte; und er angelte und angelte. So saß er auch einst bei der Angel und sah immer in das klare Wasser hinein; und er saß und saß.

Da ging die Angel auf den Grund, tief hinunter, und als er sie heraufholte, zog er einen großen Butt heraus. Da sagte der Fisch zu ihm: ›Höre, Fischer, ich bitte dich, lass mich leben, ich bin kein rechter Fisch, ich bin ein verwünschter Prinz. Was hilft es dir, wenn du mich totmachst? Ich würde dir doch nicht recht schmecken; setze mich wieder ins Wasser und lass mich schwimmen.‹ - ›Nun‹, sagte der Mann, ›du brauchst nicht so viele Worte zu machen; einen Fisch, der sprechen kann, hätte ich so schon schwimmen lassen.‹ Damit setzte er ihn wieder ins klare Wasser; da ging der Fisch auf den Grund und zog einen langen Streifen Blut nach sich.

Nun stand der Fischer auf und ging zu seiner Frau in den Topf. ›Mann‹, sagte die Frau, ›hast du heute nichts gefangen?‹ - ›Nein‹, sagte der Mann, ›ich fing einen Fisch, der sagte, er wäre ein verwünschter Prinz, da hab' ich ihn wieder schwimmen lassen.‹ - ›Hast du dir denn nichts gewünscht?‹ fragte die Frau. ›Nein‹, sagte der Mann, ›was sollt' ich mir wünschen?‹ - ›Ach‹, sagte die Frau, ›das ist doch schlimm, hier immer so in dem Pisspott zu wohnen; es ist eklig und stinkt. Du hättest uns doch eine kleine Hütte wünschen können. Geh' noch einmal hin und rufe ihn; sag' ihm, wir möchten gern eine Hütte haben, er tut es gewiss.‹ - ›Ach‹, sagte der Mann, ›was sollt' ich noch einmal hingehen?‹ - ›Ei‹, sagte die Frau, ›du hattest ihn doch gefangen und hast ihn wieder schwimmen lassen, er tut es gewiss. Geh' gleich. hin.‹ Der Mann wollte noch nicht recht, wollte aber seiner Frau nicht zuwider sein und ging hin an die See. - Als er dort ankam, war die See ganz grün und gelb und gar nicht mehr so klar. So stellte er sich hin und rief:

›Buttje' Buttje in der See!‹

Da kam der Fisch angeschwommen und sagte:

›Manntje' Manntje, Timpe Te‹

und der Fischer anwortete:

›Meine Frau, die Ilsebill,
Will nicht so, wie ich wohl will.‹

›Na, was will sie denn?‹ fragte der Fisch. — ›Ach‹, sagte der Mann, ›ich hatte dich doch gefangen gehabt, und meine Frau sagt, ich hätte mir auch etwas wünschen sollen. Sie mag nicht mehr in dem Pisspott wohnen, sie möchte gern eine Hütte haben.‹ - ›Geh' nur hin‹, sagte der Fisch, ›sie hat sie schon.‹

Da ging der Mann hin, und seine Frau saß nicht mehr in dem Nachttopf, sondern ein kleines Haus stand da, und seine Frau saß vor der Tür auf einer Bank. Da nahm ihn seine Frau bei der Hand und sagte zu ihm: ›Komm nur herein, sieh, nun ist's doch viel besser.‹ Da gingen sie hinein, und vor dem Haus waren ein kleiner Platz und eine herrliche Stube und Kammer, wo für jeden ein Bett stand, und Küche und Speisekammer, alles aufs beste mit Gerätschaften und aufs schönste aufgeputzt, Zinnzeug und Messing, was da hineingehört. Hinten war auch ein kleiner Hof mit Hühnern und Enten und ein kleiner Garten mit Gemüse und Obst. ›Sieh‹, sagte die Frau, ›ist das nicht nett?‹ - ›Ja‹, sagte der Mann, ›so soll's bleiben, nun wollen wir recht vergnügt leben‹ - ›Das wollen wir uns bedenken‹, sagte die Frau. Und dann aßen sie und gingen zu Bett.

So ging das wohl acht oder vierzehn Tage, da sagte die Frau: ›Höre, Mann, das Häuschen ist doch gar zu eng, und der Hof und der Garten sind gar so klein; der Fisch hätte uns auch wohl ein größeres Haus schenken können. Ich möchte gern in einem großen steinernen Schlosse wohnen. Geh' hin zum Fisch, er soll uns ein Schloss schenken.‹ - ›Ach, Frau‹, sagte der Mann, ›die Hütte ist ja gut genug, was wollen wir in einem Schlosse wohnen‹ - ›Ei was‹, sagte die Frau, ›geh' du nur hin, der Fisch kann das tun.‹ - ›Nein, Frau‹, sagte der Mann, ›der Fisch hat uns erst die Hütte gegeben, ich mag nun nicht schon wieder kommen, es möchte den Fisch verdrießen.‹ - ›Geh' nur‹, sagte die Frau, ›er kann's recht gut und tut's gern; geh' du nur hin.‹ Dem Mann war sein Herz so schwer, und er wollte nicht; er sagte bei sich selber: ›Das ist nicht recht‹; er ging aber doch hin.

Als er an die See kam, war das Wasser ganz violett und dunkelblau und grau und dick, gar nicht mehr so grün und gelb, doch war es ruhig. Da stellte er sich hin und sagte:

›Buttje' Buttje in der See!‹

Da kam der Fisch angeschwommen und sagte:

›Manntje' Manntje, Timpe Te‹

und der Fischer anwortete:

›Meine Frau, die Ilsebill,
Will nicht so, wie ich wohl will.‹

›Na, was will sie denn?‹ fragte der Fisch. ›Ach‹, sagte der Mann halb betrübt, ›sie will in einem großen steinernen Schlosse wohnen.‹ - ›Geh' nur hin, sie steht vor der Tür‹, *sagte der Fisch. Da ging der Mann hin und dachte, er wolle nach Hause gehen, als er aber dort ankam, da stand dort ein großer, steinerner Palast, und seine Frau stand oben auf der Treppe und wollte hineingehen; sie nahm ihn bei der Hand und sagte: ›Komm nur herein.‹ Und so ging er mit ihr hinein, und in dem Schlosse war ein großer Flur mit marmornem Boden, und da waren so viel Bediente, die rissen die großen Türen auf, und die Wände waren alle blank und mit schönen Tapeten, und in den Zimmern lauter goldene Stühle und Tische, und kristallene Kronleuchter hingen von der Decke herab, und in all den Stuben und Kammern lagen Fußdecken; und Essen und die allerbesten Weine standen auf den Tischen, als wollten sie brechen. Und hinter dem Hause war auch ein großer Hof mit Pferde- und Kuhstall und Kutschen aufs allerbeste, auch war dort ein großer, herrlicher Garten mit den schönsten Blumen und feinen Obstbäumen, und ein Lustwald, wohl eine halbe Meile lang, mit Hirschen und Rehen und Hasen darin und allem, was man sich wünschen mag. ›Na‹, sagte die Frau, ›ist das nun nicht schön?‹ - ›Ach ja‹, sagte der Mann, ›so soll es auch bleiben, nun wollen wir auch in dem schönen Schlosse wohnen und wollen zufrieden sein.‹ - ›Das wollen wir bedenken‹, sagte die Frau, ›und wollen's beschlafen.‹ Damit gingen sie zu Bett.*

Am anderen Morgen wachte die Frau zuerst auf, es war

eben Tag geworden, und jeder sah von seinem Bett aus das
herrliche Land vor sich liegen. Der Mann reckte sich noch,
da stieß sie ihn mit dem Ellbogen in die Seite und sagte:
›Mann, steh' auf und guck' einmal aus dem Fenster! Sieh',
können wir nicht König werden über all dies Land? Geh' hin
zum Fisch, wir wollen König sein.‹ - ›Ach, Frau‹, sagte der
Mann, ›was wollen wir König sein! Ich mag nicht König
sein.‹ ›Ei‹, sagte die Frau, ›willst du nicht König sein, so
will ich König sein. Geh' hin zum Fisch, ich will König sein.‹
- ›Ach, Frau‹, sagte der Mann, ›was willst du König sein,
das mag ich ihm nicht sagen.‹ - ›Warum nicht?‹ sagte die
Frau, ›geh' sogleich hin, ich muss König sein.‹ Da ging der
Mann hin und war ganz betrübt, dass seine Frau König wer-
den wollte. ›Das ist nicht recht und ist nicht recht‹, dachte
der Mann. Er wollte nicht hingehen, ging aber doch hin.

Und als er an die See kam, da war die See ganz schwarz-
grau und das Wasser gärte so von innen und roch ganz faul.
Da stellte er sich hin und sagte:

     ›Buttje' Buttje in der See!‹

Da kam der Fisch angeschwommen und sagte:

     ›Manntje' Manntje, Timpe Te‹

und der Fischer anwortete:

     ›Meine Frau, die Ilsebill,
     Will nicht so, wie ich wohl will.‹

›Na, was will sie denn?‹ fragte der Fisch. ›Ach‹, sagte der Mann, ›sie will König werden.‹ - ›Geh' nur hin, sie ist es schon‹, sagte der Fisch.

Da ging der Mann hin, und als er an den Palast kam, war das Schloss viel größer geworden, mit einem großen Turm und herrlichem Zierat daran; und die Schildwache stand vor dem Tor, und da waren so viele Soldaten mit Pauken und Trompeten. Und als er in das Haus kam, war alles von purem Marmor mit Gold und samtene Decken und große, goldene Quasten. Seine Frau saß auf einem hohen Thron von Gold und Diamant und hatte eine große, goldene Krone auf und das Zepter in der Hand von purem Gold und Edelstein, und ihr zu beiden Seiten standen sechs Jungfrauen in einer Reihe, immer eine einen Kopf kleiner als die andere. Da stellte er sich hin und sagte: ›Ach Frau, bist du nun König?‹ - ›Ja‹, sagte die Frau, ›nun bin ich König.‹ Da stand er und sah sie an, und als er sie eine Zeitlang so angesehen hatte, sagte er: ›Ach, Frau, nun wollen wir auch nichts mehr wünschen.‹ ›Nein, Mann‹, sagte die Frau und ward ganz unruhig, ›mir wurde die Zeit und Weile so lang, ich kann das nicht mehr aushalten. Geh' hin zum Fisch, König bin ich, nun muss ich auch Kaiser werden.‹ - ›Ach, Frau‹, sagte der Mann, ›was willst du Kaiser werden?‹ - ›Mann‹, sagte sie, ›geh' zum Fisch, ich will Kaiser sein.‹ - ›Ach, Frau‹, sagte *der Mann, ›Kaiser kann er nicht machen, ich mag dem Fisch das nicht sagen; ein Kaiser ist nur einmal im Reich. Kaiser kann ja der Fisch nicht machen, das kann und kann er nicht.‹ - ›Was‹, sagte die Frau, ›ich bin König, und du bist nur mein Mann, willst du gleich hingehen? Geh' gleich hin; kann er König machen, so kann er auch Kaiser machen, ich will nun Kaiser sein. Gleich geh' hin!‹ Da musste er hingehen. Als der Mann aber hinging, war ihm ganz bange, und als er so ging, dachte er bei sich: ›Das geht und geht nicht gut, Kaiser ist zu unverschämt, der Fisch wird's am Ende müd'.‹*

Damit kam er an die See; da war die See noch ganz schwarz und dick und begann so von innen herauf zu gären, dass es nur so Blasen warf, und es ging ein Windstoß drüber hin, der sie aufwühlte, und den Mann kam ein Grausen an. Da stellte er sich hin und sagte:

›Buttje' Buttje in der See!‹

Da kam der Fisch angeschwommen und sagte:

›Manntje' Manntje, Timpe Te‹

und der Fischer anwortete:

›Meine Frau, die Ilsebill,

Will nicht so, wie ich wohl will.‹

›Na, was will sie denn?‹ fragte der Fisch. ›Ach, Fisch‹, sagte er, ›meine Frau will Kaiser werden.‹ - ›Geh' nur hin‹,

sagte der Fisch, ›sie ist es schon.‹

Da ging der Mann hin, und als er dort ankam, war das ganze Schloss von poliertem Marmor mit goldenen Figuren und goldenen Zieraten. Vor dem Tor marschierten die Soldaten, und sie bliesen Trompeten und schlugen Pauken und Trommeln. Aber in dem Hause, da gingen die Barone und Grafen und Herzoge nur so als Bediente herum, da machten sie ihm die Türen auf, die von lauter Gold waren. Und als er hineinkam, da saß seine Frau auf einem Thron, der war von einem Stück Gold, und war sechs Ellen hoch, und sie hatte eine mächtige, große goldene Krone auf, die war mit Brillanten und Karfunkelsteinen besetzt. In der einen Hand hatte sie das Zepter und in der andern Hand den Reichsapfel, und ihr zu beiden Seiten standen die Trabanten in zwei Reihen, immer einer kleiner als der andere, von dem allergrößten Riesen, der war über sechs Ellen hoch, bis zum allerkleinsten Zwerg, der war nur so groß wie mein kleiner Finger. Und vor ihr standen so viele Fürsten und Herzoge. Da stellte sich der Mann schüchtern hin und sagte: ›Frau, bist du nun Kaiser?‹ - ›Ja‹, sagte sie, ›ich bin Kaiser.‹ Da ging er näher hin und besah sie sich so recht, und als er sie eine Zeitlang so angesehen hatte, sagte er: ›Ach, Frau, was ist das schön, wenn du Kaiser bist.‹ - Sie saß aber ganz steif wie ein Klotz und rührte und regte sich nicht. Da sagte er: ›Frau, nun sei zufrieden.‹ - ›Das will ich bedenken‹, sagte die Frau. Damit gingen sie beide zu Bett, aber sie war nicht zufrieden, und die Gier ließ sie nicht schlafen, sie dachte immer, was sie noch werden wollte.

Der Mann schlief recht gut und fest, er war den Tag viel gelaufen; die Frau aber konnte gar nicht einschlafen und warf sich die ganze Nacht von einer Seite auf die andere und dachte nur immer, was sie wohl noch werden könnte und konnte sich doch auf nichts mehr besinnen. Mittlerweile wollte die Sonne aufgehen, und als sie das Morgenrot sah, richtete sie sich auf im Bett und sah dort hinein, und als sie aus dem Fenster die Sonne so heraufkommen sah - ›ha‹, dachte sie, ›kann ich nicht auch die Sonne und den Mond aufgehen lassen?‹ - ›Mann‹, sagte sie und stieß ihn mit dem Ellbogen in die Rippen, ›wach' auf, geh' hin zum Fisch, ich will werden wie der liebe Gott.‹ Der Mann war noch halb im Schlaf, aber er erschrak so sehr, dass er aus dem Bette fiel. Er meinte, er hätte sich verhört und rieb sich die Augen aus und fragte: ›Ach, Frau, was sagtest du?‹

›Mann‹, sagte sie, ›wenn ich nicht die Sonne und den Mond kann aufgehen lassen und muss das so mit ansehen, dass die Sonne und der Mond aufgehen, ich kann das nicht aushalten und hab' keine ruhige Stunde mehr, wenn ich sie nicht selbst aufgehen lassen kann. Da sah sie ihn so recht groß an, dass ihn ein Schauder überlief. ›Gleich geh' hin, ich will werden wie der liebe Gott.‹ ›Ach, Frau‹, sagte der Mann und fiel vor ihr auf die Knie, ›das kann der Fisch nicht, Kaiser kann er machen; ich bitte dich, geh' in dich und bleibe Kaiser." Da kam sie in helle Wut, die Haare flogen ihr so wild um den Kopf, sie gab ihm eins mit dem Fuß und schrie: ›Ich halt's nicht aus, und halt's nicht länger aus. Willst du gleich hingehen.‹ Da schlüpfte er in seine Hosen und lief weg wie von Sinnen.

Draußen aber ging der Sturm und brauste, dass er kaum auf den Füßen stehen konnte. Die Häuser und die Bäume wurden umgeweht, und die Berge bebten, und die Felsen rollten in die See, und der Himmel war ganz pechschwarz, und es donnerte und blitzte, und die See ging in so hohen schwarzen Wellen wie Kirchtürme und wie Berge und hatten oben alle eine weiße Krone von Schaum auf. Da schrie er und konnte sein eigen Wort nicht hören:

   ›Buttje' Buttje in der See!‹
Da kam der Fisch angeschwommen und sagte:

   ›Manntje' Manntje, Timpe Te‹
und der Fischer anwortete:

   ›Meine Frau, die Ilsebill,
   Will nicht so, wie ich wohl will.‹
›Na, was will sie denn?‹ fragte der Fisch. ›Ach‹, sagte der

Mann, ›sie will werden wie der liebe Gott.‹ ›Geh' nur hin, sie

sitzt schon wieder im Pisspott.‹

Dort sitzen sie noch beide bis auf den heutigen Tag.«

»Was soll diese Geschichte denn mit uns zu tun haben!« motzten die Dosen. »Wir wohnen doch nicht in einem Pisspott! Igitt!« »Und wir wollen ja bloß Superstars werden und nicht Kaiser oder Gott!«

Aber die anderen Dinge lachten nur. Jeder verstand, was das Tau gemeint hatte – und in Wirklichkeit wussten die Dosen es auch; sie wollten es bloß nicht zugeben.

»Das war ein schönes Märchen«, seufzte die Fünfliterflasche.

»Sehr weise!« rief der Schuh. »Etwas zum Nachdenken«, lispelte ein winziger Splitter. »Ein Märchen über Gier!« sagte der Eimer. »Je mehr sie hatte, die Frau des Fischers, desto unzufriedener wurde sie.«

10. Das Tischbein erzählt von den drei Wünschen

Während des ganzen nächsten Tages dachten die Dinge über die Geschichte vom Fischer und seiner Frau nach. Denjenigen, die vom Tau viel zu weit entfernt gewesen waren, um sie zu hören, wurde alles von den Steinen weitererzählt – auch der kleinen Flasche und der Pfannkuchenflasche oben in der Küche.

Abends fragte der Eimer: »Stein, Du sagst doch immer, dass Wünschen hilft. Aber dem Fischer und seiner Frau hat es nicht geholfen. Ist es vielleicht doch besser, sich nichts zu wünschen?«

Der Stein antwortete: »Wunschloses Glück ist das höchste Glück. Aber es ist schwer zu erreichen. So lange Dir etwas fehlt, musst Du herauszufinden, was es ist. Die Frau des Fischers hat es nicht herausgefunden. Ihr fehlte etwas, aber sie wusste nicht, was. Deshalb wurde sie immer gieriger und unzufriedener.«

»Das passt, glaube ich, zu einer anderen Geschichte, die mir heute eingefallen ist«, sagte das Tischbein. Wollt Ihr sie hören?«

»Ja!« »Gerne!« »Bitte, erzähle!« rief es von allen Seiten, und das Tischbein begann: »Als ich noch ein Tisch war, stand ich in einem schönen Zimmer; mittags setzten sich meine Menschen – ein Vater, eine Mutter und drei Kinder – um mich herum zum Essen. Eines Tages gab es Bratwurst mit Kartoffelbrei. Da fiel dem Vater das folgende Märchen ein:

Die Geschichte von den drei Wünschen

Ein junges Ehepaar lebte vergnügt und glücklich beisammen, aber sie waren nie zufrieden. Mal wünschten sie sich mehr Geld, mal ein schöneres Haus, mal einen großen Bauernhof. Eines Abends aber, als sie friedlich am Ofen saßen und Nüsse aufklopften, kam durch die Kammertür ein weißes Fräulein herein, nicht mehr als einen Meter groß, aber wunderschön von Gestalt und Angesicht, und die ganze Stube war voll Rosenduft. Das Licht verlöschte, aber ein Schimmer wie Morgenrot, wenn die Sonne nicht mehr fern ist, strahlte von dem Fräulein aus und überzog alle Wände. Über so etwas kann man nun doch ein wenig erschrecken, so schön es aussehen mag. Aber das Ehepaar erholte sich bald wieder, als das Fräulein mit wundersüßer, silberreiner Stimme sprach: ›ich bin eure Freundin, die Bergfey Anna Fritze, die im kristallenen Schloss mitten in den Bergen wohnt und über siebenhundert dienstbare Geister gebietet. Drei Wünsche dürft ihr tun; drei Wünsche sollen erfüllt werden.‹ Der Mann drückte den Ellenbogen an den Arm seiner Frau, als ob er sagen wollte: Das lautet nicht übel. Die Frau aber war schon im Begriff, den Mund zu öffnen und etwas von goldgestickten Kappen, seidenen Halstüchern und dergleichen zur Sprache zu bringen, als die Bergfey sie mit aufgehobenem

Zeigefinger warnte: ›Acht Tage lang‹, sagte sie, ›habt ihr Zeit. Bedenkt euch wohl und übereilt euch nicht!‹ Das ist kein Fehler, dachte der Mann und legte seiner Frau die Hand auf den Mund. Das Bergfräulein aber verschwand. Die Lampe brannte wie vorher.

So glücklich nun die beiden in der Hoffnung schon im voraus waren, so wussten sie doch vor lauter Wunsch nicht, was sie wünschen wollten, und sie trauten sich nicht einmal, daran zu denken oder davon zu sprechen, aus Furcht, es möchte für gewünscht gelten, ehe sie es genug überlegt hätten. ›Nun‹, sagte die Frau, ›wir haben ja noch Zeit bis Freitag.‹

Am nächsten Abend, während das Essen in der Pfanne prasselte, standen beide, Mann und Frau, vergnügt an dem Feuer beisammen, sahen zu, wie die kleinen Feuerfünklein an der rußigen Pfanne hin und her züngelten, und waren, ohne ein Wort zu reden, vertieft in ihr künftiges Glück. Als die Frau aber die gerösteten Kartoffeln aus der Pfanne auf dem Teller anrichtete und ihr der Geruch lieblich in die Nase stieg, sagte sie in aller Unschuld und ohne an etwas anderes zu denken: ›Wenn wir jetzt nur ein gebratenes Würstchen dazu hätten‹ und - o weh, da war der erste Wunsch getan. Schnell, wie ein Blitz kommt und vergeht, kam es wieder wie Morgenrot und Rosenduft durch den

Kamin herab, und auf den Kartoffeln lag die schönste Bratwurst – wie gewünscht, so geschehen.

Natürlich ärgerte sich der Mann über die Unvorsichtigkeit seiner Frau sehr. ›Wenn dir doch nur die Wurst an der Nase angewachsen wäre‹, schimpfte er in der ersten Überraschung, ohne nachzudenken – und wie gewünscht, so geschehen. Kaum war das letzte Wort gesprochen, da saß die Wurst auf der Nase seiner Frau fest wie angewachsen und hing zu beiden Seiten hinab wie ein Schnauzbart.

Nun war die Not der armen Eheleute erst recht groß. Zwei Wünsche waren getan und vorüber, und noch waren sie nur um eine böse Bratwurst reicher. Noch war ein Wunsch zwar übrig. Wohl oder übel mussten sie aber die Bergfey bitten die Frau wieder von der vermaledeiten Wurst zu befreien. Wie gebeten, so geschehen, und so war der dritte Wunsch auch vorüber und die schöne Bergfey kam niemals wieder.

Daraus lernen wir: Wenn dir einmal die Bergfey begegnen sollte, so sei nicht geizig, sondern wünsche dir als erstes Verstand, damit du weißt, was du wünschen sollst, um glücklich zu werden. Und weil es leicht möglich ist, dass du dann etwas wählst, das die anderen nicht gut finden, so wünsche dir als drittes beständige Zufriedenheit und keine Reue. Oder so: Alle Gelegenheit, glücklich zu werden, hilft nichts, wer den Verstand nicht hat, sie zu benutzen.«

Allen gefiel das Märchen. Besonders die Dosen konnten sich gar nicht beruhigen und lachten und lachten. Nur der Eimer war immer noch nachdenklich: »Ob mein Eimerverstand genügt um richtig zu wünschen?
Ich glaube, ich lasse es lieber.«

11. Das kleine Holz erzählt einen Traum

Das Holz hatte noch keinen Wunsch für sich selbst
gefunden. Es war zufrieden. Jeder Tag erschien ihm neu
und auf seine Art schön. Das einzige, was es bedrückte,
war der Gedanke an die Pest der Meere; dass wahrscheinlich in diesem Augenblick, wo es so zufrieden im Sand
lag, Millionen neue winzige Plastikkügelchen sich mit
dem Meer vermischten; dass sie den schönen Meerestieren Tod und Verderben brachten; dass sie eines Tages
überall sein könnten. So sprach es jeden Abend vor dem
Einschlafen: »Ich wünsche mir, dass das Meer von der
Plastikpest geheilt wird.«

Eines Morgens erinnerte es sich an einen Traum. *»Ich
konnte fliegen!« erzählte es. »Ich hatte prächtige Flügel
und segelte hoch über dem Meer. Ich war eine Möwe, und
als ich mich umschaute, sah ich noch viele andere
Möwen, die mit mir flogen. Wir alle schwebten über
einem riesigen bunten Kreis, der sich langsam im Wasser
um sich selbst drehte. ›Ist das der Plastikstrudel?‹ fragte
ich die anderen. Aber die kreischten nur: ›Satt! Satt!
Satt!‹, und flogen höher und höher, und der Himmel
wurde von ihren weiten Flügelschlägen ganz dunkel.«*

»Ein interessanter Traum«, sagte das alte Tau. »Er
zeigt, wie große Sorgen Du Dir machst und wie gern Du
etwas gegen die Plastikpest tun würdest. Wir Dinge können uns nicht bewegen, aber die Möwen können es. Sie
sind große Flugkünstler und fangen oft Fische, während
sie dicht über der Meeresoberfläche entlangsausen.

Ebensogut könnten sie den Müll aus dem Meer fischen, wenn sie wollten.«

»Ja!« rief das Holz aufgeregt, »sie könnten den Müll irgendwo hin bringen, wo er die Menschen genau so stört wie im Meer die Tiere. Das Tischbein hat erzählt, dass die Menschen sich im Sommer oft mittags an Gartentische setzen, um zu essen. Was wäre, wenn dann große Schwärme von Möwen kämen und einen Riesenhaufen Plastikmüll auf ihre Tische schmeißen würden? Dann würden die Menschen vielleicht verstehen, wie es ist, wenn einem das Essen verdorben wird!«

»Nee, nee«, sagte das Tischbein. »Das würden die Menschen nicht kapieren!« »Genau«, meinte das Tau. »Die meisten würden bestimmt glauben, dass die Möwen verrückt geworden sind.«

»Was meinst Du dazu?« fragte das Holz den Stein

»Nur wenige Menschen würden wohl darüber nachdenken, ob die Tiere ihnen mit dieser Handlung etwas sagen wollen. Sie würden die Möwen vielleicht zu Schädlingen erklären, ihnen Gift zu fressen geben, auf sie schießen oder die Schwärme in riesigen Netzen fangen. Für Tiere ist es gefährlich, den Menschen lästig zu sein und sie zu stören.

Nein – wenn die Möwen sich gegen die Plastikpest wehren wollten, müssten sie etwas tun, das den Menschen nutzt und sie gleichzeitig auf das Problem aufmerksam macht. Es ist ja nicht so, dass die Menschen sich überhaupt noch gar keine Sorgen machen. Viele Forscher arbeiten daran, eine Lösung zu finden. Sie entwickeln zum Beispiel Plastik, das sich nach einer bestimmten Zeit im Wasser auflöst. Sogar Plastik, das man essen kann, haben sie schon erfunden. Dann gibt es Gruppen von Menschen, die, so wie Du, überlegen, wie man den Müll wieder aus dem Meer herausbekommt. Zum Beispiel bezahlen sie den Fischern etwas Geld, damit sie den Müll, den sie in ihren Netzen finden, mit an Land bringen, anstatt ihn zurück ins Meer zu schmeißen. Mit solchen Menschen könnten die Möwen sich verbünden. Die würden sich freuen und sehr überrascht sein und vielleicht würden sogar die Zeitungen darüber berichten, dass es neuerdings Seevögel gibt, die den Umweltschützern helfen.

Die Möwen kennen die großen Müllhalden der Menschen, sie suchen dort oft nach Essbarem. Wenn sie da in großen Schwärmen auftauchen und den Müll abwerfen würden – das wäre für die Menschen eine Sensation. Wahrscheinlich würden sie sogar anfangen, die Möwen mit Futter zu belohnen. Das wäre eine gute Sache.

»Aber wie«, fragte ein kleiner Plastiksplitter, »können wir die Möwen davon überzeugen, uns zu helfen?«

»Leider«, sagte der Stein, »sind Möwen selten freundlich zueinander. Jede kümmert sich nur um sich selbst. Hast Du schon einmal gesehen, wie sie sich gegenseitig hacken und Leckerbissen stehlen? Eine Möwe dazu zu bringen, etwas für andere zu tun, das ist schwer.«

»Aber wenn nach und nach das ganze Meer verdirbt und immer mehr Fische sterben, dann finden die Möwen auch nichts mehr zu fressen!«

»Ja, d a n n werden sie sich Sorgen machen. Aber doch nicht jetzt schon. Wenn die klugen Menschen das noch nicht mal schaffen – wie soll man das von einem Vogel erwarten?«

Das Holz seufzte. »Ich weiß nicht – ich dachte nur – Du hast einmal gesagt, dass die Lebewesen uns zwar nicht hören, wenn wir mit ihnen sprechen; dass sie aber, wenn wir ihnen etwas immer und immer wieder sagen, manchmal glauben, es wäre ihre eigene Idee. Wenn nun auf der ganzen Welt jeder Stein immer, wenn sich eine Möwe auf ihm ausruht, diesen Vorschlag machen würde: Vielleicht gibt es dann mal eine, die nicht so egoistisch ist wie die anderen? Vielleicht glaubt sie, dass es ihre eigene Idee ist? Vielleicht schafft sie es, die anderen zu überzeugen ...«

»Es tut mir leid, kleines Holz. Wir Steine machen so etwas nicht. Wir greifen niemals ein in das Weltgeschehen. Wir hören zu und geben Antwort, aber wir versuchen nicht, ein Wesen zu beeinflussen.«

»Warum nicht?« fragte der Schuh.

»Wir sind schon sehr alt. Welten entstehen und verschwinden wieder. Der Weltraum ist riesig, die Erde nur ein winzig kleiner Stern. Heute glaubt Ihr, dass die Plastikpest schlecht ist. Aber was wird in tausend Jahren sein? In zehntausend? In fünf Millionen? Vielleicht verursachen gerade die kleinen Plastikkügelchen irgendetwas Gutes, was wir heute aber noch nicht erkennen können. Wir vertrauen auf das Gleichgewicht der Kräfte und mischen uns nicht ein.«

»Aber habt Ihr denn gar kein Mitgefühl mit den armen Tieren?« fragte das Holz leise.

»Wir Steine können leider nicht fühlen«, antwortete der Stein. »Wir haben nur Wissen. Deshalb verehren wir die uralten Bäume: Sie haben Wissen und Mitgefühl. Wissen zusammen mit Mitgefühl ist Weisheit.«

12. Die Dosen erfinden einen Film

Die Dosen hatten während dieses Gesprächs die ganze Zeit geflüstert und gewispert und geknickert und geknakkert.

Sobald die anderen Dinge nun nachdenklich schwiegen, riefen sie:

»Hallo Ihr, hört mal zu! Wir haben uns einen Film ausgedacht:

DIE MÖWEN!«

»Also,« schepperten sie, und wechselten sich beim Erzählen ab: *»Stellt Euch vor: Im Garten sitzt eine Familie am Tisch. Ein Vater, eine Mutter, drei Kinder!«*

»Auf dem Tisch steht das Mittagessen.«

»Bratwurst und Kartoffelbrei!«

»Dazu schöne Dosen kühles Bier!«

»Nein! Cola!« »Bier!« »Cola!«

»Du doofe Dose! Die Kinder trinken doch kein Bier!«

»Also gut. Bier und Cola!« »Nein! Nur Cola!«

»Spinner! Mit dir kann man keinen Film drehen!«

»Nein, mit dir nicht!« »Mit dir nicht!«

»EGAL!« rief das Tau, »wie geht es weiter?«

»Also gut. Stellt Euch vor: Sie sitzen da an ihrem Tisch.«

»In ihrem Garten.«

»Gemütlich.«

»Und essen.«

»Und trinken!«

»Bier!«

»Argh, jetzt fang nicht wieder damit an!«

»Auf einmal! Ein Schatten verdunkelt die Sonne!«

»Möwen!« »Hunderte!« »Tausende!«

Hunderttausende!« »Sehr, sehr viele!«

»Und Platsch!« »Ein Plastikregen!«

»Flaschen, Flipflops, Fetzchen!«

»Näpfe, Noppen, Netzchen!«

»Stücke, Splitter, Stiele!«

»Schüsseln, Schlingen, Spiele!«

»Tüten, Tassen, Teller!«

»Pantoffel, Partikel, Propeller!«

»Beutel, Bruch und Bröckchen!«

»Farbeimer, Flaschen und Flöckchen!«

»Gabeln, Gurte, Gehäuse«

»Masken, Matten, Mäuse!«

Die Dosen hatten längst vergessen, worum es eigentlich ging. Sie waren in einem Reimkampf versunken. Natürlich wollte jede das letzte Wort haben – also reimte sie und reimten …

»HALLO!« brüllte der Eimer, »wie geht es denn nun WEITER!«

»Ach ja!« lachte die Rote. *»STELLT EUCH VOR: Alles regnet auf den Tisch!«*

»Auf das Essen!« »Die Bratwürste werden zerstückelt!« »Der Kartoffelbrei spritzt dem Vater in die Haare!«

»Das Bier läuft aus!« »Die Limonade tropft den Kindern auf die Knie!«

»Der ganze Garten voll Plastikmüll!« »Müll in den Bäumen!« »Müll auf dem Rasen!« »Auf allen Blumen!« »Auf allen Wegen!«

»Die Leute schreien: ›Hilfe!‹ und springen auf.«

»Und waten durch meterhohen Müll zu ihren

Nachbarn.«

»Aber bei denen ist auch alles voll.«

»Und bei den Nachbarn von den Nachbarn!«

»In der ganzen Stadt!«

»Im ganzen Land!«

»Die Straßen verstopft.« »Der Verkehr bricht zusammen.«

»Eine Plastik-Katastrophe!«

»Und dann,«

»am Schluss«

»von dem Film,«

»sieht man das Meer«

»in der Abendsonne.«

»Und es ist«

»ganz und gar«

»SAUBER!«

»Bravo!« rief das Tau, »Das habt Ihr Euch gut ausgedacht!« »Bravo!« »Prima!« tönte es von allen Seiten. »Witzig und zugleich wichtig!« kicherte der winzige Plastiksplitter.

Nur das kleine Holz konnte sich über die Filmidee der Dosen nicht so recht freuen. ›Sie blödeln nur rum‹, dachte es. ›Die Plastikpest ist ihnen egal. Sie denken immer nur an sich.‹

Es war traurig, weil die Menschen das Meer verpesteten; weil es nicht wusste, was es dagegen tun konnte und weil sein Freund, der Stein, nicht fühlen und nicht helfen konnte.

13. Der Stein erzählt von Baum und Schuh

Nach und nach wurde das Geschichten erzählen zur Gewohnheit. Jeden Abend, nachdem die Sonne untergegangen war und die meisten Besucher den Strand verlassen hatten, breitete sich ein erwartungsvolles Schweigen aus, bis endlich eine Frage nach einer Geschichte gestellt wurde.

Am liebsten wollten alle Dinge natürlich Märchen und Geschichten über sich selbst hören.

»Gibt es auch Märchen über Schuhe?« fragte der Schuh eines Abends. »Oder«, rief das Holz, »vielleicht über Bäume?«

Da sagte der Stein: »Ich will Euch ein Märchen erzählen, in dem ein Baum wichtig ist und auch ein Schuh.«
Und er erzählte

Das Märchen vom Aschenputtel

Einem reichen Manne dem wurde seine Frau krank, und als sie fühlte, dass ihr Ende heran kam, rief sie ihr einziges Töchterlein zu sich ans Bett und sprach: »Liebes Kind, denke daran, was auch geschieht, meine Liebe wird immer bei Dir sein.« Darauf tat sie die Augen zu und starb. Das Mädchen ging jeden Tag hinaus zu dem Grab der Mutter und weinte. Als der Winter kam, deckte der Schnee ein weißes Tüchlein auf das Grab, und als die Sonne im Frühjahr es wieder herabgezogen hatte, nahm der Mann eine andere

Frau. Sie hatte zwei Töchter mit ins Haus gebracht, die schön und weiß von Angesicht waren, aber garstig und schwarz von Herzen. Da fing eine schlimme Zeit für das arme Stiefkind an. Sie nahmen ihm seine schönen Kleider weg, zogen ihm einen grauen alten Kittel an und hölzerne Schuhe. Es musste in der Küche den ganzen Tag über schwer arbeiten, früh aufstehen, Wasser tragen, Feuer anmachen, kochen, waschen und scheuern, und nachts in der Boden-kammer schlafen. Da kroch es bisweilen lieber in die Asche am Küchenherd und wärmte sich, und da es davon nicht sau-ber aussehen konnte, so wurde es von der Mutter und den Schwestern Aschenputtel genannt, aus Spott und Bosheit.

Als der Vater einmal in eine entfernte Stadt reiten wollte, da fragte er die beiden Stieftöchter was er ihnen mitbringen sollte. »Schöne Kleider« sagte die eine, »Perlen und Edel-steine« die andere.

»Aber du, Aschenputtel«, sprach er, »was willst du ha-ben?« »Vater, der erste Zweig, der Dir auf Deinem Heimweg an den Hut stößt, den brich für mich ab.« Er kaufte nun für die beiden Stiefschwestern schöne Kleider, Perlen und Edel-steine, und auf dem Rückweg, als er durch einen grünen Busch ritt, streifte ihn ein Zweig von einem Haselstrauch. Den brach er ab und nahm ihn mit. Als er nach Haus kam, gab er den Stieftöchtern was sie sich gewünscht hatten, und

dem Aschenputtel gab er den Zweig. Aschenputtel dankte ihm, ging zu seiner Mutter Grab und pflanzte den Zweig darauf, und weinte so sehr, dass die Tränen darauf nieder fielen und ihn begossen. Er wuchs und und wuchs und wurde ein schöner Baum. Aschenputtel ging alle Tage dreimal darunter, weinte und betete, und der Baum tröstete es.

Nun hielt das kleine Holz es nicht mehr aus. »Was?« rief es, »aus dem Zweig ist ein Baum geworden? Ist das nur im Märchen so, oder kann das wirklich passieren?«

»Wenn man den Zweig bald, nachdem er abgebrochen ist, einpflanzt, kann es passieren, dass er Wurzeln treibt und ein Baum wird.« antwortete der Stein.

»Aber für mich ist es wohl zu spät?« fragte das kleine Holz leise.

»Ja, ich glaube schon, kleines Holz. Ein Baum kannst Du wohl nicht mehr werden.«

»Ach, das stimmt nicht ganz«, lachte der alte Baumstamm. »Weißt Du, wir Bäume gehören alle zusammen. Wir sind wie ein einziger, riesiger Weltenbaum. Alles Holz gehört dazu, das kleinste Stöckchen, Bretterwände, Schiffe, Holzhäuser und alte vergammelte Baumstämme wie ich. Eines Tages wirst Du es wissen. Eines Tages wirst Du Dein Baumgefühl wieder finden.«

»Und können Bäume wirklich Menschen trösten?« fragte ein kleiner Holzsplitter.

»Oh ja«, sagte der Stein. »Trost, Weisheit, Freude kann ein Baum spenden. Noch mehr als uns Steine verehrten die Menschen früher die Bäume. Wenn sie eine schwierige Entscheidung treffen mussten, versammelten sie sich unter einem großen Baum, denn sie hofften, dass er ihnen von seiner Weisheit etwas abgeben würde. Wenn sie traurig waren, suchten sie bei einem Baum Trost. Wenn sie sich freuten, fassten sie sich an den Händen und tanzten um den Stamm herum. Noch heute stellen sich viele einmal im Jahr zu Weihnachten einen Tannenbaum ins Zimmer, schmücken ihn und legen Geschenke darunter.«

»Egal!« schrie die grüne Dose. »Wie geht denn nun das Märchen weiter?«

»Und«, fragte der Schuh, »kommt denn noch ein wichtiger Schuh darin vor?«

So erzählte der Stein weiter:

Es begab sich aber, dass der König ein Fest ausrichtete, das drei Tage dauern sollte, und zu dem alle schönen Jungfrauen im Lande eingeladen wurden, damit sich sein Sohn eine Braut aussuchen möchte. Die zwei Stiefschwestern, als sie hörten, dass sie auch dort erscheinen sollten, waren guter Dinge, riefen Aschenputtel und sprachen: »Kämm` uns die Haare, bürste uns die Schuhe und mache uns die Schnallen fest, wir gehen zum Fest auf des Königs Schloss.« Aschenputtel gehorchte, weinte aber, weil es auch gern zum Tanz mitgegangen wäre, und bat die Stiefmutter sie möchte es ihm erlauben. »Du Aschenputtel«, sprach sie, »bist voll Staub und Schmutz und willst zum Fest? Du kommst nicht mit, denn du hast keine Kleider und Schuhe und kannst nicht tanzen; wir müssten uns deiner schämen.« Darauf kehrte sie *ihm den Rücken und eilte mit ihren zwei Töchtern fort.*

Als nun niemand mehr daheim war, ging Aschenputtel zu seiner Mutter Grab unter den Nussbaum und rief:

"Bäumchen rüttle dich und schüttle dich,

wirf Gold und Silber über mich."

Da warf ihm der Baum ein golden und silbern Kleid herunter, und mit Seide und Silber ausgestickte Pantoffeln. In aller Eile zog es das Kleid an und ging zum Schloss. Seine Schwestern aber und die Stiefmutter erkannten es nicht und meinten es müsste eine fremde Königstochter sein, so schön sah es in dem goldenen Kleid aus. Der Königssohn kam ihm entgegen, nahm es bei der Hand und tanzte mit ihm. Er wollte auch mit sonst niemand tanzen und als es abends nach Hause ging, wollte er ihm folgen. Das Mädchen entwich ihm aber, zog geschwind Kleid und Schuhe aus auf dem Grab unter dem Baum und legte sich in seine Asche. Kleider und Schuhe verschwanden augenblicklich.

So ging es noch zweimal. Jeden Tag ging Aschenputtel zu seiner Mutter Grab und rief:

"Bäumchen rüttle dich und schüttle dich,

wirf Gold und Silber über mich."

Der Baum warf ihm immer schönere Kleider herab, in denen Aschenputtel unerkannt zum Tanz kam. Immer tanzte der Königssohn nur mit ihm, und immer verschwand es am

Abend, aber beim dritten Mal verlor es einen von seinen goldenen Schuhen; der Königssohn hob ihn auf und ließ durch seine Diener bekanntmachen: nur die Jungfrau, an deren Fuß der Schuh passt, soll meine Gemahlin werden. Und er ritt von Haus zu Haus, die Probe zu machen.

Vergebens probierten die beiden Schwestern den kleinen Schuh; ihre Füße waren zu groß; da fragte der Königssohn: »Habt ihr keine andere Tochter?« »Nein«, sagte der Mann, »nur von meiner verstorbenen Frau ist noch ein kleines verbuttetes Aschenputtel da; das kann unmöglich die Braut sein.« Und die Stiefmutter rief: »Das ist viel zu schmutzig, das darf sich nicht sehen lassen.« Der Königssohn wollte sie aber doch sehen und Aschenputtel musste gerufen werden. Da wusch es sich die erst Hände und Gesicht und ging dann hin und neigte sich vor dem Königssohn, der ihm den goldenen Schuh reichte. Da setzte es sich auf einen Schemel, zog den Fuß aus dem schweren Holzschuh und steckte ihn in den Pantoffel, der passte wie angegossen. Und als es sich in die Höhe richtete und der König ihm ins Gesicht sah, so erkannte er das schöne Mädchen, das mit ihm getanzt hatte, und rief: »Das ist meine holde Tänzerin, meine liebe Braut!«

Er führte sie aufs Schloss und heiratete sie. So lebten sie glücklich und zufrieden viele Jahre. Und wenn sie nicht gestorben sind, dann leben sie noch heute.

»Kann das möglich sein? Dass sie noch heute leben?« fragte der Eimer. »Nein nein,« lachte der Stein, »so enden oft die alten Märchen. Damit will man sagen, dass die Wahrheit, die sich in der Geschichte versteckt, vielleicht noch heute gilt.«

14. Der Knotenfilz erzählt vom Flaschengeist

»Aber über Flaschen gibt es doch bestimmt keine Märchen« sagte eine kleine Flasche an einem anderen Abend. »Oh doch!« rief der schwarze Knotenfilz, »Ich weiß eines!« und erzählte

Das Märchen vom Geist in der Flasche

Es war einmal ein armer Fischer,

»Och nee!« maulte die grüne Dose, »nicht schon wieder die Geschichte vom Pisspott! Die kennen wir doch schon!«

»Nein nein«, antwortete der schwarze Knotenfilz, »das ist eine andere Geschichte. Dieser Fischer angelt nicht, sondern er fährt mit einem kleinen Boot raus und wirft sein Netz aus. Vor langer Zeit« , fügte der Filz träumerisch hinzu, »war ich auch mal so ein Fischernetz.« Und er erzählte er weiter:

Der Fischer wusste kaum, wie er seine Frau und seine drei Kinder ernähren sollte, denn es gab nur noch wenig Fisch in der Bucht, in der er lebte. Er fuhr alle Tage sehr früh mit dem Boot hinaus, hatte es sich aber zur Regel gemacht, nur viermal jeden Tag seine Netze auszuwerfen. Eines frühen Morgens, als er sein Netz einholte, fühlte er einen Widerstand; er glaubte einen guten Fang getan zu haben und freute sich schon darüber. Aber anstatt der Fische zog er nur das Gerippe eines Esels heraus, das ihm auch noch sein Netz zerrissen hatte.

Als der Fischer sein Netz wieder ausgebessert hatte, warf er es zum zweiten Mal aus. Da spürte er abermals starken Widerstand, und hoffte, dass es diesmal voller Fische wäre; aber er fand darin nichts als einen großen Korb voll Sand und Schlamm.

Wütend schleuderte er den Korb weg; Nachdem er sein Netz gesäubert hatte, warf er es zum dritten Mal aus. Aber er zog nur Steine, Muscheln und Müll aus dem Wasser.

Nun war der Fischer sehr verzweifelt. Er kniete nieder und betete: »Lieber Gott, Du weißt, dass ich mein Netz jeden Tag nur viermal auswerfe. Dreimal habe ich es nun schon getan, ohne den geringsten Erfolg. Es ist mir nur noch ein Zug übrig und ich flehe dich an, mir das Meer günstig zu machen!«

Nachdem er dieses Gebet beendet hatte, warf er sein Netz zum vierten Mal aus. Als er glaubte, dass Fische darin sein müssten, zog er es abermals mit großer Mühe heraus. Es waren jedoch keine darin, sondern eine schwere Flasche aus Messing. Er bemerkte, dass sie mit Blei verschlossen und versiegelt war, und sah den Abdruck eines Siegels darauf. Das freute ihn. »Die kann ich verkaufen« sagte er, »und für das Geld bekomme ich vielleicht einen Sack Mehl.«

Er untersuchte das Gefäß von allen Seiten, schüttelte es und horchte daran. Vielleicht war es mit etwas Kostbarem gefüllt? Er nahm sein Messer, und mit einiger Mühe brach er das Siegel auf. Er drehte die Öffnung gegen den Boden, aber es kam nichts heraus.

Er stellte die Flasche vor sich hin; und während er sie aufmerksam betrachtete, stieg ein dichter Rauch daraus empor. Dieser Rauch erhob sich bis in die Wolken, breitete sich über das Meer und Ufer aus und bildete einen dicken Nebel. Darüber staunte der Fischer sehr. Als aller Rauch aus der Flasche war, vereinigte er sich wieder und verdichtete sich zu einem riesigen Geist. Bei seinem Anblick wollte der Fischer die Flucht ergreifen; aber er war so erschüttert und erschrocken, dass er keinen Fuß rühren konnte.

»Salomon,« rief der Geist, "Gnade, Gnade! Ich werde mich nie wieder deinem Willen widersetzen. Ich will allen deinen Befehlen gehorchen ...«

Der Fischer erholte sich von seinem Schreck und sagte: »Stolzer Geist, was sprichst du da? Es ist mehr als zweitausend Jahre her, seit König Salomon tot ist. Erzähle mir deine Geschichte, und weshalb du in diesem Gefäß eingeschlossen warst.«

Der Geist blickte den Fischer drohend an und antwortete

ihm: »Du bist sehr dreist, mich einen stolzen Geist zu nen-
nen. Ich rate dir höflicher zu mir zu reden, bevor ich dich
töte.« - »He«, rief der Fischer, »warum willst du mich töten?
Ich habe dich soeben befreit! Hast du das schon vergessen?«
»Nein, ich erinnere mich wohl«, erwiderte der Geist, »aber
das soll mich nicht abhalten, dich zu töten. Ich habe nur eine
einzige Gnade dir zu gewähren.« »Und welche Gnade ist
das?« fragte der Fischer. »Dass ich dir die Wahl lasse, auf
welche Weise du sterben willst.« »Willst du mich so für die
Wohltat belohnen, die ich dir erwiesen habe?« schimpfte der
Fischer. »Ich kann nicht anders handeln« sagte der Geist;
»höre meine Geschichte:

Ich bin ein wilder Geist. Ich liebe das Chaos. Vor langer
Zeit habe ich mich gegen Salomo erhoben. Der König aber
ließ mich fangen und in Fesseln legen.

So führte man mich zu ihm. Er verlangte von mir, aus der
Dunkelheit zu treten, Frieden zu schließen und Gutes zu tun.
Aber ich komme aus der Nacht und der Dämmerung. Ich lie-
be das Böse und das Gute langweilt mich. Darum weigerte
ich mich. Zur Strafe schloss er mich in diese Flasche ein und
damit ich mein Gefängnis nicht sprengen könnte, drückte er
selber auf den bleiernen Deckel sein Siegel und ließ mich ins
Meer werfen.

Während des ersten Jahrhunderts meiner Gefangenschaft

schwor ich, wenn jemand mich befreien würde, ihn reich zu machen. Aber das Jahrhundert verging, und niemand half mir. Während des zweiten Jahrhunderts schwor ich, jedem, der mich in Freiheit setzte, alle Schätze der Erde zu eröffnen; aber nichts geschah. In dem dritten gelobte ich, meinen Befreier zu einem mächtigen König zu machen, stets als Geist bei ihm zu sein, und ihm jeden Tag drei Bitten zu gewähren, von welcher Art dieselben auch immer sein möchten; aber auch dieses Jahrhundert verging, wie die beiden vorigen, und ich blieb gefangen. Da wurde ich so wütend, dass ich schwor, wenn jemand mich befreite, ihn erbarmungslos zu töten, und ihm keine andere Gnade zu gewähren, als die, dass ich ihm die Wahl ließe, auf welche Weise er sterben wollte. Deshalb also, da du heute hierher gekommen bist und mich befreit hast, wähle, wie du von mir getötet werden willst.«

Diese Rede betrübte den Fischer sehr. »Ich Unglückseliger«, rief er aus, »dass ich an diesen Ort gekommen bin, um einem Undankbaren einen so großen Dienst zu erweisen! Ich bitte dich, bedenke deine Ungerechtigkeit und widerrufe deinen so unvernünftigen Eid.« »Nein, dein Tod ist gewiss«, sagte der Geist; »wähle!«

Als der Fischer sah, dass er den Geist nicht umstimmen konnte, bekam er große Angst. Er dachte an seine drei

Kinder und beklagte ihr Elend in welches sein Tod sie versetzen würde. Er versuchte nochmals, den Geist zu besänftigen: »Weh mir!« rief er aus, »hab' Erbarmen! Bedenke, was ich für dich getan habe.« »Ich habe dir schon gesagt«, erwiderte der Geist, »dass das ja gerade der Grund ist, warum ich dich töten muss.«

Die Not macht erfinderisch. Der Fischer besann sich auf eine List. »Da ich den Tod nicht vermeiden kann«, sagte er zu dem Geist, »so unterwerfe ich mich deinem Willen. Bevor ich aber eine Todesart wähle, so beschwöre ich dich beim Siegel des König Salomon, mir ehrlich auf eine Frage zu antworten, die ich dir stellen will."

Als der Geist auf diese Weise beschworen wurde, zitterte er innerlich und sagte zu dem Fischer: »Frage mich, was du willst, und beeile dich.«

»Ich möchte wohl wissen, ob du wirklich in dieser Flasche warst« »Ja«, antwortete der Geist, »ich schwöre bei diesem hohen Namen, dass ich darin war; und das ist gewisslich wahr.« »Bei meiner Treue«, erwiderte der Fischer, »ich kann's nicht glauben. In dieses Gefäß passt ja nicht einmal einer deiner Füße. Wie soll es möglich sein, dass du ganz und gar darin eingeschlossen warst?« - »Ich schwöre es dir gleichwohl«, sagte der Geist, »dass ich darin war, so wie du mich hier siehst. Glaubst du mir noch nicht, nach dem großen Eid, den ich dir geschworen habe?« »Wahrhaftig, nein«, antwortete der Fischer; »und ich werde dir nicht glauben, wenn ich es nicht mit eigenen Augen sehen kann.«

Hierauf verflüchtigte sich der Leib des Geistes wieder und verwandelte sich in Rauch, der sich, wie zuvor, über das Meer ausbreitete, dann sich wieder sammelte und in das Gefäß hineinzog, in gleichmäßiger und langsamer Bewegung, bis gar nichts mehr davon draußen war. Alsbald kam eine Stimme daraus hervor: »Wohlan, ungläubiger Fischer, da bin ich wieder in der Flasche; glaubst du mir nun?«

Der Fischer aber, anstatt dem Geist zu antworten, nahm den bleiernen Deckel, verschloss eilig die Flasche damit, und rief ihm zu: »Geist, jetzt ist die Reihe an dir, um Gnade zu bitten, und wähle nun, welchen Tod ich dich soll sterben lassen! Aber nein, es ist besser, dass ich dich wieder ins Meer werfe, an derselben Stelle, wo ich dich herausgezogen habe. Dann will ich mir an diesem Strand ein Haus bauen und hier wohnen, um alle Fischer, die hierher kommen und ihre Netze auswerfen, zu warnen, dass sie sich hüten, einen so boshaften Geist wieder herauszufischen, der geschworen hat, jeden zu töten, der ihn in Freiheit setzt.«

Bei diesen spöttischen Worten strengte der erzürnte Geist alle seine Kräfte an, um wieder aus der Flasche zu kommen; aber es war ihm unmöglich, denn das aufgedrückte Siegel des Königs Salomon hinderte ihn daran. Als er nun sah, dass der Fischer ihn in seiner Gewalt hatte, unterdrückte er seinen Zorn, und sagte zu ihm mit sanfter Stimme: »Fischer, ich habe es nicht so gemeint! Es sollte nur ein Scherz sein.« »O Geist«, antwortete der Fischer, »du, der vor einem Augenblick der größte aller Geister war, und gegenwärtig der kleinste bist, sollst wissen, dass alle deine listigen Reden dir nichts helfen. Du musst wieder ins Meer zurück. Wenn du so lange Zeit darin gewesen bist, wie du mir gesagt hast, so kannst du auch wohl bis zum Ende aller Tage dort bleiben.«

»Fischer, mein Freund«, antwortete der Geist, »ich beschwöre dich noch einmal, nicht eine so grausame Handlung zu begehen. Bedenke, dass es nicht gut ist, sich zu rächen, dass es im Gegenteil löblich ist, Böses mit Gutem zu vergelten.«

»Nein«, sagte der Fischer, »ich werde dich nicht frei lassen, es ist schon des Redens zu viel. Ich werde dich auf den Grund des Meeres schleudern.« »Noch ein Wort, Fischer«, rief der Geist aus, »ich verspreche, dir nichts Böses anzutun. Im Gegenteil, ich will dich ein Mittel lehren, reich zu werden.«

Die Hoffnung, sich aus der Armut zu befreien, entwaffnete den Fischer. »Ich könnte dich wohl anhören«, sagte er, »wenn irgend auf dein Wort zu bauen wäre. Schwöre mir bei dem hohen Namen Gottes, dass du aufrichtig tun willst, was du versprichst, und ich will dein Gefäß öffnen. Ich halte dich nicht für so gottlos, einen solchen Eid zu brechen.«

Der Geist schwor, und der Fischer öffnete nun den Deckel des Gefäßes. Sogleich stieg der Rauch wieder daraus empor, und nachdem der Geist seine Gestalt wieder angenommen hatte, war das erste, was er tat, dass er die Flasche mit einem Fußtritt ins Meer schleuderte.

Dies erschreckte den Fischer. »Geist«, sagte er, »was soll das bedeuten? Willst du den Eid brechen, den du mir soeben geschworen hast?«

Der Geist lachte: »Nein, Fischer, sei ruhig. Nimm dein Netz, und folge mir.«

Er ging vor dem Fischer her, der, mit seinem Netz beladen, ihm noch mit einem gewissen Misstrauen folgte. Sie gingen an der Stadt vorbei, stiegen hoch auf einen Berg, und hinab in eine weite Ebene, bis sie zu einem Teich kamen, der von vier Hügeln umgeben war.

Als sie am Ufer des Teiches standen, sagte der Geist zu dem Fischer: »Wirf dein Netz aus und fange Fische.« Der Fischer zweifelte nicht, dass er welche fangen würde, den er sah eine große Menge in dem Teich. Er war aber äußerst verwundert, als er bemerkte, dass sie von vier verschiedenen Farben waren, nämlich, weiße, rote, blaue und gelbe. Er

warf sein Netz aus, und fing vier Fische, von jeder Farbe
einen.

»Bringe diese Fische deinem Sultan. Er wird dir mehr
Geld dafür geben, als du in deinem ganzen Leben in Händen
gehabt hast. Du kannst alle Tage in diesem Teich zum Fischen kommen, aber ich warne dich, dein Netz öfter als einmal auszuwerfen, sonst würde dir ein Unglück begegnen.
Nimm dich also in Acht. Dies ist die Weisung, welche ich dir
gebe: Wenn du sie genau befolgst, so wird es dir wohlerge-
hen."

Indem er dieses sprach, stampfte er mit dem Fuß auf die
Erde, die sich auftat und wieder zuschloss, nachdem sie ihn
verschlungen hatte.

Der Fischer, gesonnen, Stück für Stück die Weisung des
Geistes zu befolgen, hütete sich wohl, sein Netz zum zweiten
Mal auszuwerfen. Er wanderte zurück in die Stadt, sehr zufrieden mit seinem Fischzug, und ging gerade in den Palast
des Sultans.

Das Erstaunen des Sultans war groß, als er die vier Fische sah, die der Fischer ihm überreichte. Er nahm sie,
einen nach dem andern, um sie mit Aufmerksamkeit zu be-
trachten, und nachdem er sie lange bewundert hatte, sagte
er zu seinem ersten Wesir: »Gib diesem Fischer vierhundert
Goldstücke.«

*Der Fischer, der niemals so viel Geld besessen hatte,
konnte kaum sein Glück fassen. Er verwendete das Geld sehr
klug und wurde ein reicher Mann.*

Irgendwie waren die Dinge mit dem Schluss dieser
Geschichte nicht zufrieden. »Und dann?« fragte der kleine
Holzsplitter, »Wie geht es weiter?« »Ja, was passiert mit
dem Geist?« fragte das Tischbein. »Das weiß ich nicht,«
antwortete der Knotenfilz. »Aber dieser Geist«, sagte das
Tau, »ist gefährlich, denn er liebt das Böse; und das Gute
langweilt ihn. Wie konnte der Fischer einen solchen Geist
nur freilassen!« »Na, weil er so arm war!« rief die grüne
Dose. »Genau!« schmetterte die Rote, »Er war ganz, ganz
arm, er hatte nix, und der Geist hat ihn reich gemacht!«

»Vielleicht ist das überhaupt die Weisheit in dieser
Geschichte«, meinte das kleine Holz. »Der Fischer ist so
arm, dass er sich gar nicht darum kümmern kann, ob es
der Welt schadet, wenn er den Geist freilässt. Er denkt nur
an sich und seine Familie.« »Aber vielleicht«, murmelte
der alte Baumstamm, »ist der Geist ja gar nicht mehr
böse. Vielleicht hat er sich geändert. Immerhin hat er sein
Versprechen gehalten.«

»Das Gute an diesen Geschichten ist«, sagte der Schuh,
»dass man stundenlang darüber nachdenken kann.«

15. Der Stein gibt ein Rätsel auf

Am nächsten Abend fragte die große Fünfliter-Plastik-flasche: »Lieber Stein, weißt Du auch eine Geschichte über die Plastikpest?«

Der Stein dachte lange nach. Dann sagte er: »Ich glaube, ich weiß auch darüber eine Geschichte. Aber Ihr müsst ein wenig nachdenken, damit Ihr den Zusammen-hang begreift. - Eigentlich ist es ein Gedicht, doch ich werde es Euch erst einmal so erzählen, als sei es eine ganz gewöhnliche Geschichte. Sie heißt:

Der Zauberlehrling

Es war einmal ein mächtiger Zauberer, der hatte einen Lehrling. Dieser Junge wollte unbedingt Zaubern können, und er war sehr ungeduldig. Aber der alte Meisterzauberer sagte, er müsse erst drei Jahre bei ihm in die Lehre gehen, ihm den Haushalt führen und alle Arbeiten machen. Dann würde er ihm vielleicht das Zaubern beibringen. Dem Jun-gen gefiel das gar nicht. Oft schlich er sich zur Tür der Zau-berwerkstatt, lugte durch einen Spalt, beobachtete den Mei-ster und merkte sich seine Zaubersprüche.

Eines Tages wollte der Zauberer einen Freund besuchen, so sprach er zu seinem Lehrling: ›Ich muss ein paar Tage verreisen, und vertraue Dir mein Haus und die Zauberwerk-statt an. Pass gut auf alles auf! Und keine Zaubereien in

meiner Abwesenheit!‹ ›Oh, Meister!‹ rief der Zauberlehrling, ›Seid ganz unbesorgt! Ich werde Euer Haus und die
Werkstatt sorgfältig hüten, bis Ihr zurückkommt!‹

Doch kaum hatte sich der Meister entfernt, lachte der
Lehrling und rief: ›Endlich ist der Alte weg! Jetzt werde ICH
mal zaubern!‹ Er überlegte sich, dass er schon lange nicht
mehr gebadet hatte, und so verzauberte er den Besen, mit
dem er eigentlich die Werkstatt fegen sollte, in einen mensch-
lichen Diener und befahl ihm, Wasser für ein Bad zu holen.
Der Besen gehorchte und der Zauberlehrling schaute ihm
stolz zu, wie er fleißig vom Fluss das Wasser heraufbrachte
und es in die Badewanne füllte. Als die Wanne voll war, rief
der Lehrling: ›Genug jetzt! Das reicht!‹. Aber der Diener
gehorchte ihm nicht. Er holte immer mehr Wasser. Die Badewanne lief über, das Wasser überschwemmte das Bad, das
Wohnzimmer und schließlich die Werkstatt. Da nahm der
Lehrling in seiner Not eine Axt, um den verzauberten Besen
zu erschlagen. Aber davon wurde alles nur noch schlimmer:
Der Besen zerbrach in zwei Teile und beide verwandelten
sich in neue Wasserträger, so dass nun die Überschwemmung immer größer und gefährlicher wurde.

Als der Zaubermeister zurück nach Hause kam, floss ihm
auf dem Weg zu seinem Haus schon ein Bach entgegen.

›Hilfe!‹ rief der Lehrling: ›Herr, die Not ist groß! Die ich *rief, die Geister, werd` ich nun nicht los.‹*

Der Meister aber beendete den Spuk mit dem Spruch: ›In die Ecke, Besen! Besen! Seid's gewesen. Denn als Geister ruft euch nur zu seinem Zwecke erst hervor der alte Meister.‹

Die Überschwemmung jedoch musste der Zauberlehrling ohne Zauberei mit Eimern und Wischlappen beseitigen.«

Die Dinge waren ratlos. Das sollte eine Geschichte über die Plastikpest sein? »War der Besen aus Plastik?« fragte der Knotenfilz. »Nein«, antwortete der Stein, er war aus Holz und Stroh.« »Hm«, murmelte der Schuh, »ich verstehe die Geschichte nicht. Wasser kommt ja darin vor; aber wo sind die Fische? Die Schildkröten? Wo schwimmt der Plastikmüll?«

»Dieses Rätsel«, lachte der Stein, »soll für die nächsten Tage Eure Aufgabe sein. Erst wenn Ihr es gelöst habt, werde ich Euch das Gedicht aufsagen. Strengt Euch an, es lohnt sich! Es ist ein schönes Gedicht!«

»Ich weiß die Antwort! Ich weiß sie!« schrie die grüne Dose. »Nein Ich!« brüllte die Rote.

»Ich hab es zuerst gesagt!« »Ich höre«, sagte der Stein

»Äh – ähem« stotterte die Rote. »Naja, ich meine, hrrrm«

»Der Besen hat das Wasser bestimmt mit einer Fünfliter Plastikflasche geholt!!« schepperte die Grüne triumphierend.

»Dieses Gedicht«, sagte der Stein, »ist über zweihundert Jahre alt. Damals gab es noch kein Plastik. Es wurde erst vor hundert Jahren erfunden. Und Plastikflaschen gibt es erst seit ungefähr dreißig Jahren.«

»Woraus werden wir eigentlich gemacht?« fragte eine Anderthalbliter-Plastikflasche. »Ihr wurdet aus Erdöl gemacht. Das ist ein uralter Stoff aus den Tiefen der Erde. Vor Millionen Jahren ist er aus toten Meerestieren und Meerespflanzen entstanden.«

»Waaaah?« nun staunten alle Plastikdinge. »Wir kommen aus dem Meer?« »Ja, vor langer, langer Zeit.«

»Flaschen!« rief die grüne Dose, »Jetzt lenkt nicht ab! Wir haben ein Rätsel zu lösen!« »Stein, alter Kumpel, kannst Du uns denn nicht wenigstens einen Tipp geben?« quengelte die Rote. »Denkt bei der Geschichte über den Zauberlehrling nicht an Wasser oder Plastik oder Fische.« antwortete der Stein. »Denkt daran, was dem Lehrling passiert. An die Überschwemmung. Erinnert Euch, was der Lehrling zu dem heimkommenden Meister sagt: *›Herr, die Not ist groß! Die ich rief, die Geister, werd ich nun nicht los.‹*«

»Aha!« sagte das kleine Holz nachdenklich.

»Morgen!« rief der Schuh. »Lass uns allen noch ein wenig Zeit zum Nachdenken.«

»Gute Nacht!«

»Gute Nacht, schlaft gut!«

16. Die Dosen lernen ein Gedicht

»Also«, sagte die Fünfliterflasche am nächsten Morgen, »Ich verstehe die Geschichte so: ...«

»Nein ich! Ich will es lösen!« »Nein ich!« »Ich hab es zuerst gesagt!« zeterten die Dosen.

»Klappe halten!« schimpfte der Eimer. »Ihr beiden geht mir sowas von auf den Henkel!«

»Es ist ein Märchen über die Plastikpest, also dürfen die Plastikdinge auch zuerst reden!« entschied das Tau.

»Du hast gesagt«, sprach die große Flasche zum Stein, »dass wir Erdöl waren. Und dann haben die Menschen uns geholt und verwandelt.«

»Genau!« fuhr der kleine Plastiksplitter fort. »Das Erdöl ist der Besen in der Geschichte. Er steht da in der Ecke und stört keinen.«

»Genial!« staunte die rote Dose und vergaß vor Bewunderung sogar, so zu tun, als hätte sie das auch längst gewusst.

»Und dann verwandelt der Zauberlehrling den Besen in einen Diener!« rief der Eimer.

»So, wie uns die Menschen in Sachen verwandeln, die ihnen nützen«, sagte die kleine Halbliterflasche.

»Aha!« schrie die Grüne, »der Mensch ist der Zauberlehrling!«

»Und dann überschwemmen wir alles, weil der Mensch vergessen hat, uns zurück zu verwandeln.« wisperte ein noch winzigerer Plastiksplitter.

»Wir werden immer mehr, und er wird uns nicht mehr los.« Jetzt riefen alle Plastikdinge durcheinander.

»Denn er ist eben nur ein Lehrling! Er beherrscht sein Handwerk noch nicht!«

»Er hat etwas angefangen ohne darüber nachzudenken, ob er es wieder stoppen kann!«

»Der Meister muss her!«

»Er kann die Plastikpest heilen!«

»Ha!« jubelte die große Flasche, »Jetzt hab ich es verstanden! Jetzt bin ich nicht mehr traurig!«

»Genau!« lachte der Eimer, »Wir sind nur der Besen!«

»Hä?« fragte die rote Dose verwirrt, »Du bist ein Besen? Ich dachte, Du bist ein Eimer!«

»Ja ja,« antwortete die große Flasche, »er ist ein Eimer, aber in der Geschichte sind wir der Besen.«

»Wir sind nicht schuld!« riefen alle Plastikdinge, die großen und die kleinen, die neuen und die zerfledderten, die dicken und die dünnen. »Wir sind nur der Besen!«

»Besen, Besen, sei`s gewesen!« riefen die Dosen begeistert, denn sie freuten sich schon auf das versprochene Gedicht.

»Sehr gut.« sagte der Stein, »ich habe es von Euch Plastikdingen nicht anders erwartet. Ihr seid klug! Uralt, erfahren und sehr klug. Die Menschen haben Euch verwandelt und verwirrt, aber Eure Klugheit ist noch da, Ihr braucht sie bloß ein wenig zu suchen.Und nichts eignet sich dafür so gut wie ein Rätsel.«

»Gedicht! Gedihicht! Gedihihicht!« brüllten die Dosen.

»Oh, Ihr blechernen Nervensägen!« schimpfte der Eimer, aber auch er war, wie alle anderen, sehr gespannt auf das berühmte zweihundertjährige Gedicht.

Und so sprachen die Steine das Gedicht von Johann Wolfgang von Goethe:

Der Zauberlehrling

Hat der alte Hexenmeister
Sich doch einmal wegbegeben!
Und nun sollen seine Geister
Auch nach meinem Willen leben.
Seine Wort' und Werke
Merkt ich und den Brauch,
Und mit Geistesstärke
Tu' ich Wunder auch.

Walle walle manche Strecke
Dass zum Zwecke
Wasser fließe
Und mit reichem, vollem Schwalle
Zu dem Bade sich ergieße.

Und nun komm, du alter Besen!
Nimm die schlechten Lumpenhüllen!
Bist schon lange Knecht gewesen;
Nun erfülle meinen Willen!
Auf zwei Beinen stehe,
Oben sei ein Kopf!
Eile nun und gehe
Mit dem Wassertopf!

Walle walle manche Strecke
Dass zum Zwecke
Wasser fließe
Und mit reichem, vollem Schwalle
Zu dem Bade sich ergieße.

Seht, er läuft zum Ufer nieder;
Wahrlich! ist schon an dem Flusse,
Und mit Blitzschnelle wieder
Ist er hier mit raschem Gusse.
Schon zum zweiten Male!
Wie das Becken schwillt!
Wie sich jede Schale
Voll mit Wasser füllt!

Stehe! stehe!
Denn wir haben
Deiner Gaben
Vollgemessen! -
Ach, ich merk es! Wehe! Wehe!
Hab ich doch das Wort vergessen!

Ach, das Wort, worauf am Ende
Er das wird, was er gewesen.
Ach, er läuft und bringt behände!
Wärst du doch der alte Besen!
Immer neue Güsse
Bringt er schnell herein,
Ach! und hundert Flüsse
Stürzen auf mich ein!

Nein, nicht länger
Kann ich's lassen;
Will ihn fassen.
Das ist Tücke!
Ach! Nun wird mir immer bänger!
Welche Miene! Welche Blicke!

O du Ausgeburt der Hölle!
Soll das ganze Haus ersaufen?
Seh ich über jede Schwelle
Doch schon Wasserströme laufen
Ein verruchter Besen,
Der nicht hören will!
Stock, der du gewesen,
Steh doch wieder still!

Willst's am Ende
Gar nicht lassen?
Will dich fassen,
Will dich halten
Und das alte Holz behände
Mit dem scharfen Beile spalten.

Seht, da kommt er schleppend wieder!
Wie ich mich nun auf dich werfe,
Gleich, oh Kobold, liegst du nieder;
Krachend trifft die glatte Schärfe.
Wahrlich! Brav getroffen!
Seht, er ist entzwei!
Und nun kann ich hoffen,
Und ich atme frei!

Wehe! Wehe!
Beide Teile
Stehn in Eile
Schon als Knechte
Völlig fertig in die Höhe!
Helft mir, ach! Ihr hohen Mächte!

Und sie laufen! Nass und nässer
Wird's im Saal und auf den Stufen.
Welch entsetzliches Gewässer!
Herr und Meister! hör mich rufen! -
Ach, da kommt der Meister!
Herr, die Not ist groß!
Die ich rief, die Geister,
Werd ich nun nicht los.

»In die Ecke,
Besen! Besen!
Seid's gewesen!
Denn als Geister
Ruft euch nur, zu seinem Zwecke,
Erst hervor der alte Meister!«

»Oh!« »Wunderbar« »Man hört richtig das Wasser
plätschern!«
»Und das Holz vom Besenstiel splittern!« »Welch
schönes Gedicht!«
Die gestrandeten Dinge waren begeistert.
»Was haben wir für Glück, hier in dieser Bucht!«
»Wir hören Geschichten und Lieder und Gedichte!«
»Wir sind befreundet!«
»Wir bekommen Antwort auf unsere Fragen!«
Die Dosen aber überraschten alle mit ihrem Fleiß. Sie
ließen nicht locker, bis sie das ganze lange Gedicht
auswendig konnten.

Viele Abende schallte nun ihr Sprechgesang durch die Bucht:

> *Dusch dusch dusch dusch*
> *Walle walle manche Strecke*
> *Dass zum Zwecke*
> *Wasser fließe*

> *Und mit reichem vollen Schwalle*
> *Zu dem Bade*
> *sich ergieße*
> *Pitsch patsch pitsch patsch*

Sie gehen mir auf den Henkel«, seufzte der Eimer. »Aber ohne sie wäre die Bucht auch nicht mehr das, was sie ist.«

TEIL 3

in dem es Streit, Kummer
und Heimweh gibt

17. Streit

In den nächsten Tagen gab es für die Plastikdinge, ob klein oder groß, nur ein Thema: Das Erdöl. Von morgens bis abends stellten sie den Steinen Fragen über Fragen:

»Bitte, erkläre uns genau, wie Erdöl entstanden ist!«

»Warum ist es jetzt tief in der Erde, obwohl es doch aus dem Meer kommt?«

»Wie kommt der Mensch dann an das Erdöl ran?«

»Warum gibt er sich solche Mühe, das Erdöl hochzupumpen, aber uns lässt er hier verrotten?«

Wenig später landete ein neues Plastikding am Strand. Es sah zwar der großen Fünfliter-Plastikflasche ähnlich, war aber viereckig und hatte einen Tragegriff.

Inzwischen hatten alle gelernt, wie gut es den Neuankömmlingen tat, freundlich begrüßt zu werden. »Willkommen!« »Willkommen!« rief es von nah und fern, und alle stellten sich kurz vor. »Danke für die freundliche Begrüßung!« sagte das viereckige Ding überrascht. »Ich war ein Benzinkanister, für Ersatzbenzin« erklärte es traurig. »Aber nun bin ich bloß noch nutzloser Müll.« Die anderen Dinge trösteten ihn, so gut sie konnten, erzählten ihm, was sie bisher gemeinsam erlebt hatten und gerieten in große Aufregung, als sie erfuhren, dass Benzin fast das Gleiche wie Erdöl ist. »Erdöl, das ist unsere Großmutter, unsere Urgroßmutter!« riefen sie aufgeregt und erzählten ihm, was sie inzwischen über ihre Herkunft gelernt hatten. »Und Du hattest es in Deinem Bauch!« »Wie war das«, wollte der kleine Plastiksplitter wissen. »Hat es mit Dir geredet?« »Nein«, antwortete der Kanister, »Es redet

nicht, glaube ich. Ich habe jedenfalls nichts gehört.«
»Vielleicht muss man es fragen, wie den Stein«, meinte
das kleine Holz und fragte den Stein danach.

»Erdöl ist wie die Erde, das Meer, die Flüsse, der Wind,
der Himmel – sie alle reden nicht so wie wir. Um sie zu
verstehen, muss man anders zuhören. Wir Steine nennen
es den Gesang der Welt.«

Jedenfalls wurde der Benzinkanister von den meisten
anderen Plastikdingen ein bisschen bewundert, und nach
und nach bildete er sich ein, etwas ganz besonderes zu
sein. Nichts interessierte ihn mehr außer Erdöl; er fragte
die Steine viel und als er glaubte, alles verstanden zu
haben, schwieg er fünf Tage lang. Dann hielt er, genau
bei Sonnenaufgang, seine erste Rede: *»Freunde, höret
mich! Ihr wisst, dass ich lange Zeit Benzin in mir trug,
einen nahen Verwandten unseres Urahns, des ERDÖLS.
Ihr fragtet mich, ob Es je mit mir gesprochen habe, und
ich sagte ›nein‹. Aber da irrte ich mich! Sehr wohl sprach
Es mit mir, Freunde, nur war ich damals so dumm und
unerfahren, dass ich es nicht bemerkte. Aber jetzt, in
meiner langen Zeit des Schweigens und der Einkehr,
lernte ich das ANDERE ZUHÖREN. Und ich kann Euch
sagen, was das ERDÖL sagt. Ich bin SEIN Sprecher. Ich
erinnere mich ganz klar an alles, was ES mir einst zu
sagen versuchte. Und noch immer spricht ES zu mir, denn
viele winzige Benzintröpfchen sind ja noch in meinem
Bauch! HÖRET, meine Freunde, das ERDÖL will, dass
ich Euch allen, die von ihm abstammen, ob klein, ob groß,
ob alt, ob neu, SEINE Botschaft verkünde!«*

»Ach Du meine Güte, noch ein Großmaul!« murmelte
der Eimer. »Als hätten wir nicht schon genug Geprotze

hier in der Bucht!«

»*Schweig still, Du verwirrter Eimer!*« schrie da der Kanister. »*Kränke nicht den Boten des ERDÖLS!*«

»Du meinst, ich bin ein verwirrter Eimer? Ich glaub eher, Du bist ein durchgeknallter Kanister!«

»Streitet Euch nicht«, sagte die Fünfliter-Plastikflasche. »Lasst uns doch erstmal hören, was er zu sagen hat.«

»Zu spät!« zischte der Kanister. »Ich werde kein Wort sprechen, bis sich dieser arme, verwirrte Eimer bei mir entschuldigt hat!«

»Entschuldigen soll ich mich? Wofür denn? Dass ich gesagt habe, was ich denke? Niemals!« schimpfte der Eimer. »Mir ist es ganz recht, wenn Du die Klappe hälst.«

Die Dinge waren über den Benzinkanister geteilter Meinung. »Kann doch sein!« rief der kleine Plastiksplitter. »Immerhin hatte er das Benzin wirklich in seinem Bauch!«

»Stein«, fragte das kleine Holz, »meinst Du, er spricht die Wahrheit?«

»Er spricht seine Wahrheit«, antwortete der Stein. »Es ist nicht meine Wahrheit. Wenn ich dem Gesang der Welt lausche, kann ich Euch keine Botschaft übermitteln. Dieser Gesang ist das Schönste, was ich kenne; aber ich kann ihn nicht in Worte übersetzen.«

»Wie lauscht man dem Gesang der Welt?«

»Es ist schwierig und leicht zugleich. Du hörst ihn schon. Jetzt. Immer. Aber Du merkst es nicht. Jeder hört den Gesang der Welt. Aber nur wenige bemerken es.«

»Und wie kann man es schaffen, dass man ihn bemerkt?«

»Ich weiß nicht, wie Du es schaffen kannst. Wir Steine

machen es so: Wir werden ganz still. Keine Gedanken, keine Fragen. Dann plötzlich hören wir die Welt singen. Ich sagte einmal, dass wir nicht fühlen können. Das stimmt nicht ganz. Wenn wir den Gesang der Welt hören, dann fühlen wir große Freude.

»Voll cool!« schepperte die grüne Dose, »Kannst Du nicht mal Kurse machen und uns beibringen, wie man das Gesinge der Welt hört?«

»Achte auf winzige Momente des Glücks. Nicht das große Superglück, von dem Ihr immer träumt. Glück ohne Wunsch; ohne besonderen Grund; einfach so. Während wir hier reden, habt Ihr alle mehrmals solche winzigen Momente erlebt. Das ist der Gesang der Welt. Mehr kann ich dazu nicht sagen.«

Der Benzinkanister hatte die ganze Zeit beleidigt zugehört. Aber am nächsten Morgen bei Sonnenaufgang hielt er es nicht mehr aus, und er sprach mit lauter Stimme: *»Liebe Freunde, und NUR IHR, hört meine Botschaft! Ich bin das ERDÖL, und ich spreche durch diesen meinen geliebten Kanister, meinen Boten. Gestern wurde er schwer gekränkt durch einen von Euch, aber ich verzeihe ihm, denn er ist nur verwirrt. Doch Ihr dürft das nie mehr tun! ACHTET meinen Boten, kränkt ihn nicht, denn wenn Ihr ihn kränkt, dann kränkt Ihr MICH. Und wer will schon seine Großmutter kränken, seine Urgroß-mutter? Kommt her zu mir, meine Kinder. Höret nicht auf das Geplapper der Steine! Sie sind Spione des Menschen! Was erzählen sie Euch den lieben langen Tag und die ganze Nacht? Geschichten der Menschen! Womit antworten sie auf Eure Fragen? Wissen der Menschen! Die Menschen aber sind Eure Feinde! Sie haben Euch*

*mir entrissen! Sie haben Euch verwandelt und verwirrt,
so dass ihr vergessen habt, wer Ihr seid und woher Ihr
kommt! Nur einmal am Tag, immer dann, wenn die Sonne
aufgeht, werde ich zu Euch sprechen. Wer hören will, der
höre!«*

Damit verstummte der Kanister wieder, und so viel er
auch gefragt wurde, er sprach kein einziges Wort. Gerade
das machte ihn irgendwie interessant, und die meisten
Dinge warteten gespannt auf den nächsten Sonnenaufgang.

»Ich bin das ERDÖL, meine Freunde!« sprach der
Kanister am nächsten Morgen, noch bevor die Sonne über
die hohen Berge kam. *»ICH bin nicht traurig und nicht
froh. ICH bin einfach da. ICH will nichts und ICH habe
vor nichts Angst. Wenn ICH ins Meer fließe, ist das für
das Leben darin viel schädlicher als die Plastikpest.
Ölpest nennen die Menschen mich dann. Aber kümmert
MICH dies? Natürlich nicht! ICH bin viel älter als die
Menschen, und ICH werde immer noch da sein, wenn es
längst kein Leben mehr auf der Erde gibt! Und ich sage
Euch: WERDET WIE ICH!«*

Ein andermal predigte er: *»Die Menschen brauchen
DAS ERDÖL! Sie sind süchtig danach. Sie bohren tiefe
Löcher in die Erde, sogar auf dem Meeresgrund, nur um
ES in seinem Frieden zu stören! Sie benutzen ES, um ihre
Autos zu fahren, ihre Flugzeuge zu fliegen, ihre Häuser zu
heizen, ihre Straßen zu pflastern. Bedenkt! Der Mensch
braucht DAS ERDÖL – aber DAS ERDÖL braucht den
Menschen nicht! Auch Ihr braucht den Menschen nicht!
Aber das hattet Ihr vergessen, meine Freunde! Und ich
sage Euch: WERDET WIE DAS ERDÖL!«*

»Einst waren wir ERDÖL, wie Ihr wisst, Freunde! Der Mensch hat uns unserem Frieden entrissen, er hat uns zu Dienern gemacht! Zu Sklaven! Und als er uns nicht mehr brauchte, hat er uns achtlos weggeworfen! Der Mensch hat uns verwandelt und verwirrt! Deshalb lagen viele von uns lange so traurig hier am Strand oder trieben verzweifelt auf dem Meer. Immer dachten wir, dass wir nur wertvoll sind, wenn wir dem Menschen dienen können. Weil er uns weggeworfen hatte, nannten wir uns Müll. Weil die Meerestiere unsere Kügelchen nicht verdauen konnten, nannten wir uns ›Pest der Meere‹. Aber ich sage Euch: Wir sind keine Krankheit und kein Diener! DAS ERDÖL, unseren Urahn, kümmert es nicht, wenn Lebewesen seinetwegen sterben! Warum sollte es uns kümmern?«

»Irgendwie hat er ja recht«, wisperte der sehr kleine Plastiksplitter.

»Ja«, sagte die Eineinhalb-Literflasche. »Und man fühlt sich gut, wenn man ihm zuhört. Wir sind was besonderes, sozusagen.«

»Spinnt Ihr?« schimpfte das Tau. »Habt Ihr nicht gehört, wie er die Steine verunglimpft hat? Das war gemein! Und dabei ist er der Nachplapperer! Wer hat denn zuerst gesagt, dass der Mensch uns ›verwandelt und verwirrt‹ hat? Der Stein! Woher weiß der Kanister überhaupt, was Erdöl ist? Vom Stein! Erst hört er den Steinen wochenlang zu, fragt sie aus nach Strich und Faden – und dann tut er so, als wäre das sein eigenes Wissen – beziehungsweise das Wissen vom Erdöl – so ein Quatsch!«

»Was heißt ›verunglimpfen‹?«

»Schlechtmachen.«

»Ach so.«

»Ja, seid vorsichtig«, sagte der alte Baumstamm. »Der Benzinkanister ist ein falscher Prophet. Er sagt Euch Plastikdingen Sachen, die Euch schmeicheln, und damit verführt er Euch.«

Aber die meisten Plastikdinge, so sehr sie auch dem Tau recht geben mussten, warteten doch insgeheim auf den Sonnenaufgang und die neue Rede.

Am nächsten Morgen sprach der Kanister: »*Viele von Euch, meine lieben Freunde, wollen recycelt werden. Aber warum? Bemerkt Ihr denn nicht, wie sehr der Mensch uns verwandelt und verwirrt hat? Warum wollt Ihr ihm dienen? Warum wollt Ihr Euch in eine neue Sache verwandeln lassen, die er benutzen und schließlich wieder achtlos wegwerfen wird? Die Menschen haben uns versklavt, sie sind unsere Feinde! Warum wollt Ihr unseren Feinden dienen? Wünscht Euch nicht das Recyceln! Im Gegenteil, lasst uns ins Meer hinausschwimmen, bis wir zum Plastikstrudel kommen! Dort wollen wir feiern und uns fröhlich drehen!*«

Das jedoch ging vielen Dingen, besonders den Flaschen, zu weit: »Der Mensch soll unser Feind sein?« rief die Fünfliterflasche. »So ein Quatsch! Der Mensch ist unser Schöpfer und wir sind gemacht um ihm zu dienen! Wir können gar nicht anders, es ist unsere Art, weil wir von ihm so erfunden wurden. Was soll uns das bringen, im Meer rumzukreisen? Ach, und glaubt doch ja nicht, dass wir es schaffen können, gegen das Leid der Meerestiere gleichgültig zu werden! Das Erdöl mag gleichgültig sein – doch – woher will der Benzinkanister das wissen? Er ist ein falscher Prophet! Er lügt!«

»Genau!« rief eine kleine Halbliterflasche. »Wir sind nicht das Erdöl! Wir sind etwas anderes, etwas Neues! Und zu unserer Art gehört es, dass wir uns freuen, wenn wir nützlich sind; und wir weinen, wenn wir schädlich sind.«

»All das schöne Leben auf der Erde!« rief der Eimer. »Das soll uns egal sein? Wenn Tiere elendiglich verhungern unseretwegen? Niemals!«

Nun verging kein Tag, an dem die Plastikdinge nicht stritten. Die einen, die weiter den Menschen als Schöpfer verehrten und recycelt werden wollten, nannten sich Cycler. Die anderen – besonders die vielen kleinen und winzigen Plastiksplitter, die vorher kaum Hoffnung gehabt hatten – verehrten das Erdöl als ihren Urahn und wollten mit der Meeresströmung zum Plastikstrudel gebracht werden und sich dort mit ihm drehen. Sie nannten sich Strudler. Und dann gab es noch eine kleine Gruppe, die glaubte, dass die Plastikdinge auserwählt waren die zukünftige Welt zu beherrschen. Sie nannten sich nach ihrem Anführer: Kanister.

Und der Kanister predigte und predigte. Keinen Sonnenaufgang ließ er aus: *»Lange Zeit haben wir am Strand gelegen und uns gewünscht, dass uns jemand einsammelt. Aber wir wollen nicht mehr dienen! Aus dem Meer kommen wir, dorthin wollen wir zurück, zum großen Sammlungspunkt, zum Plastikstrudel! Dort wollen wir mit unseresgleichen tanzen!«*

»Eines Tages wird vielleicht alles Leben auf Erden verschwunden sein. Aber uns wird es immer noch geben, denn wir sind unsterblich! Was kümmern uns Menschen und Tiere! Eines Tages werden wir die Welt beherrschen,

und ich, weil ich dem Erdöl am nächsten bin, werde Euer König sein!«

Am Anfang hatten die anderen Dinge sich noch in diesen Plastik-Streit eingemischt. Die Dosen wollten sofort ihre eigene Partei gründen. »Wenn hier einer die Welt beherrscht, dann wir! Das Blech!« schrien sie. »Pah!« antworteten die Plastiksplitter, »Ihr werdet rosten! Wir sind unsterblich! Wir werden noch da sein, wenn Ihr längst zu Eisenerde zerfallen seid!« »Na und?« schepperten die Dosen, »Dann regieren wir eben die Welt als Eisenerde!«

Aber je länger das ganze Gerede um Cycler und Strudler und Kanister ging, desto langweiliger wurde es auch; und desto ratloser und trauriger wurden die Dinge, die sich nicht daran beteiligten: der Baumstamm, die Hölzer und Stöckchen, das Tau, der Knotenfilz, der Eimer und die Schuhe.

»Lieber Stein, wird das jetzt immer so weitergehen? Werden wir nie mehr unsere schönen, gemütlichen Erzähl- und Singnächte haben?« fragte das kleine Holz.

»Nun ja, wir Steine können nicht in die Zukunft schauen. Deshalb wissen wir nicht, ob es noch lange so weiter gehen wird.«

»Was sagst Du denn zu diesem Streit?« fragte der Eimer. »Wer hat recht?«

»In jeder Meinung steckt ein Körnchen Wahrheit. Aber die Streitenden haben vergessen, dass sie gar nicht bestimmen können, was mit ihnen geschehen wird. Es wäre besser, wenn sie sich klar machen würden, dass alles, was geschieht, auch eine gute Seite hat. Dann würden sich die, die aufs Meer hinaus getrieben werden, auf den Strudel freuen; und die, die eingesammelt werden, könnten sich auf ihr Dasein als neues Ding freuen. Aber so, wie sie es machen, kann es passieren, dass alle unglücklich sind – die Strudler, weil sie recycelt werden, und die Cycler, weil sie ins Meer hinaus treiben.«

»Ha! Das gefällt mir!« rief der Baumstamm, »Weise gesprochen, Stein!«

Doch die streitenden Plastikdinge hörten nicht zu. Sie waren viel zu sehr in ihren Kampf vertieft.

Zum Glück geschah dann etwas Unerwartetes.

Zwei Männer spazierten am Strand entlang. »Guck mal, das ganze Treibgut hier!« sagte der eine. »Ja, schrecklich! All der Plastikmüll! Man sollte ihn mal wegräumen!« »Ach, sieh mal da, ein Benzinkanister! Ich glaube, der ist noch ganz heile; den kann ich brauchen, den nehme ich mit.«

Und alle in der Bucht hörten ganz deutlich, wie der Kanister, während er von dem Mann aufgehoben und weggetragen wurde, zu jubeln begann: »JUHUU! ICH BIN HEILE! ICH BIN NÜTZLICH! ER KANN MICH GEBRAUCHEN!«

»Verräter!« schimpften die Strudler und die Anhänger der Kanister-Partei. »Haben wir doch immer gesagt!« triumphierten die Cycler.

Aber nach und nach vertrugen sich dann alle wieder.

18. Wut

So verging die Zeit. Der Sommer kam.

Die Sonne schien mittags so heiß, dass die Menschen, wenn sie barfuß über den schwarzen Sand liefen, sich fast die Fußsohlen verbrannten. Viele Besucher kamen deshalb lieber morgens oder abends, wenn die Luft etwas kühler war.

»Uh«, sagte der alte Baumstamm«, jetzt beginnt wieder die Zeit der Feuer.«»Was meinst Du damit?« fragte das kleine Holz.

»Die Menschen treffen sich in den lauen Sommernächten gern hier, sitzen zusammen, machen Musik, essen und trinken.«

»Aber das ist doch schön?«

»Ja! Nur – sie lieben es, dabei ein Feuer anzumachen. Sie bringen viel Holz mit, aber sie sammeln es auch hier am Strand.«

»Sie sammeln uns auf, um uns zu verbrennen?« fragte das kleine Holz entsetzt.

»Nun, wie das Tischbein schon sagte: Für uns ist das Verbrennen nicht schlimm. Es soll schön sein sich in eine helle Flamme zu verwandeln. Aber für diejenigen, die zurückbleiben, ist es traurig. Stell Dir vor, wenn plötzlich die Äste nicht mehr da sind und die Bambusstöcke. Die Steine sagen zwar, sie sind noch da, nur verwandelt; aber mir tut es jedes Jahr sehr weh, wenn meine Freunde verschwinden. Ich kriege dann wieder furchtbares Heimweh nach meinem Wald. Manchmal denke ich, es wäre mir lieber, auch zu verbrennen, anstatt traurig zurückzubleiben.«

»NEIN!« schrie das kleine Holz. »Das darfst Du Dir nicht wünschen! Keiner soll verbrennen! KEINER! Ich habe Euch lieb, ich will Euch nicht verlieren!«

»Na, vielleicht verbrennst Du ja mit uns«, lachten die Äste, die sich anscheinend schon irgendwie auf das Feuer freuten.

»Ich will nicht verbrennen! Ich will hier bleiben! Alles soll bleiben, wie es ist! Wir sind doch glücklich hier! Stein, können wir nicht einfach die Zeit anhalten?« »Nein, kleines Holz. Die Zeit kann niemand anhalten. Alles fließt dahin wie ein Fluss, ohne Aufhalten, Tag und Nacht. Der Fluß und die Zeit, sie fließen niemals rückwärts.«

»Und Dir«, rief das Holz wütend, »Dir ist das völlig schnuppe! Aber mir nicht! Ich will, dass alles Gute so bleibt, wie es ist! Nur das Schlechte soll sich verwandeln!« »Ja, so sind wir Bäume«, lachte der alte Stamm. »Wir wollen immer das Schlechte in Gutes verwandeln und werden wütend oder traurig, wenn es andersrum passiert. Mein Freund, falls es so kommen sollte, dass ich verbrenne, dann denk immer daran, dass ich mich in etwas Gutes verwandelt habe: In Wärme und Licht.«

Das kleine Holz wollte davon nichts hören. »Ich wünsche mir«, schluchzte es, »dass die Menschen dieses Jahr kein Feuer machen.«

Doch es kam, wie der Baumstamm schon geahnt hatte. Am nächsten Nachmittag gingen zwei Männer den Strand entlang und suchten Holz. Die Äste und Bambusstöcke, die kleinen Splitter und Stöckchen und die Treibhölzer ließen sie unbeachtet, nur der alte Baumstamm schien sie zu interessieren. »Schau mal, der wird prächtig brennen«

sagte der eine Mann und sie hoben ihn hoch, jeder an einer Seite, um ihn fortzutragen. Da plötzlich, während die beiden Männer den Stamm zu einem etwas höher gelegenen Platz schleppten, wo sie abends das Feuer machen wollten, erklang die Stimme des kleinen Holzes so laut und mächtig wie nie zuvor. Sie dröhnte und grollte wie ein entfernter Gewittersturm:

»KANN DENN NICHT EINER VON EUCH STEINEN DA OBEN AM BERG DIESEN MÄNNERN AUF DIE KÖPFE FALLEN? VERDAMMT NOCHMAL!«

»Nein«, antwortete der Stein ruhig. »Du weißt genau, dass wir so etwas nicht tun. Und es wäre nicht recht. Die Menschen machen ja gar nichts Böses. Nur, weil Du die Trauer nicht aushalten willst, die nun mal zum Dasein dazugehört, sollen wir Menschen töten? Was ist mit ihren Freunden und Verwandten? Sollen sie trauern, nur, damit Du nicht trauern musst?«

Diese Rede des Steins brachte das kleine Holz ein wenig zur Besinnung. Es erschrak über sich selbst. »Entschuldigung«, murmelte es, »ich hab es nicht so gemeint. Was ist bloß los mit mir, dass ich so etwas Schreckliches überhaupt denke!«

»Das war nur Wutreden, kleines Holz«, rief der Baumstamm von oben. »Ihr dürft es ihm bitte nicht übelnehmen. Wenn wir Bäume wütend sind, sagen wir oft Dinge, die wir gar nicht meinen. Später entschuldigen wir uns und sagen: Das war nur Wutreden.«

»Ja, klar!« rief die rote Dose, »Ist schon gebongt, Knüppelchen!« »So ein kleines Knüppelchen mit so ner großen Wut«, schepperte die grüne mit wackliger Stimme.

Da erst merkte das Holz, wie gewaltig seine Wut war. Sie bohrte sich tief in die Erde mit tausend Wurzeln. Sie reckte sich hoch in den Himmel mit Ästen, Zweigen und Blättern. Eine Baumwut war es, eine Riesen-Baumwut!

»Ich verstehe das kleine Holz gut«, schluchzte das Tau. »Ich würde auch am liebsten schreien und toben. Ich werde Dich furchtbar vermissen, lieber Baumstamm.« »Ich auch, mein Bruder!« seufzte das Tischbein«. »Ich auch!« heulte der Gummischuh.«Ich auch!« »Ich auch!« tönte es von nah und fern.

»Liebe Freunde«, begann der alte Baumstamm nun seine Abschiedsrede, »ich weiß, ich werde Euch fehlen. Wenn man langsam verwittert, haben die Freunde Zeit sich daran zu gewöhnen, dass man verschwindet. Aber nun ist es eben so: Heute bin ich noch da, und morgen werde ich schon Asche sein. Aber ich werde nicht wirklich fort sein. Ich werde nur anders bei Euch sein als jetzt, nämlich in Eurer Erinnerung. Kleines Holz, Deine Trauer und Dein Heimweh werden von ganz alleine vergehen, glaub mir, ich habe es selbst erfahren. Und dann wird wieder etwas Schönes passieren, schöner vielleicht als alles, was Du bisher hier in der Bucht erlebt hast. So ist es mir mit Dir ergangen, als Du uns alle zum Singen gebracht hast und wir uns miteinander befreundet haben.

Obwohl ich damit viel verlange, bitte ich Euch, mit mir froh zu sein und das Feuer, zu dem ich beitragen werde, zu feiern. Lasst uns jetzt Abschied nehmen, und dann singt mit uns, wenn das Feuer brennt. Gönnt uns unsern hellen Moment, unser Strahlen.«

Nun riefen auch die Holzstücke, die die Menschen mitgebracht hatten und die oben bei dem Baumstamm lagen: »Machts gut! Wir haben keine Angst, es wird schön werden!«

»Tschühüß!«»Alles Gute!«»Viel Glück!«»Wir vergessen Euch nicht!« riefen die Dosen, das Tischbein, die Plastikdinge, das Seil und der Knotenfilz. »Adieu!« schluchzten die fünf Äste, die Holzsplitter und Stöckchen. Nur das kleine Holz und die beiden Schuhe schafften es vor lauter Weinen nicht. »Du bist nicht allein, kleines Holz«, heulte der Gummischuh. »Ich weiß auch, wie es ist. Ich trauere immer noch um meinen Partner, und jetzt kommt alles wieder hoch.« »Ich auch«, weinte der Flipflop hoch oben in den Dünen. Keiner kann das verstehen, der es nicht selbst erlebt hat.«

Doch das kleine Holz hörte sie kaum. Seine Wut wandelte sich wieder in Traurigkeit und es versank darin wie in einem tiefen schwarzen Loch. Seine Verzweiflung war groß; dass nichts so blieb wie es war; dass es Leid gab auf der Welt und Zerstörung und Hass und Not; dass es allein war, so weit fort von zu Hause, so weit fort von seinem Baum. Denn es erinnerte sich jetzt, wie es gewesen war ein Baum zu sein. Es weinte und weinte.

»Ich möchte ja«, flüsterte es, »ich möchte Euch euren hellen Moment gönnen, aber ich kann nicht.«

»Kann nicht gibt's nicht«, schimpfte das Tau. »Morgen ist noch genug Zeit zum Weinen und Jammern! Ihr wollt doch wohl nicht unserem geliebten Baumstamm seinen letzten Wunsch verwehren! Freut Euch mit ihm, das seid Ihr ihm schuldig!«

Als es dunkel wurde, sammelten sich oben die Menschen, die sich für diesen Abend verabredet hatten. Sie brachten Essen und Trinken mit und setzten sich im Kreis um die Feuerstelle.

Obwohl die gestrandeten Dinge alle traurig waren, bemühten sie sich, den letzten Wunsch des alten Baumstammes zu erfüllen. Immer wieder riefen sie: »Ein schönes Feuer!« »Hell wie die Sonne!« Doch ihre Freude war gequält, nicht echt; bis endlich die Dosen eine neue Strophe des berühmten Gedichts von Goethe erfanden. Mit ihren blechernen Stimmen brüllten sie:

Zisch zisch zisch zisch
Brenne, brenne manche Strecke
dass zum Zwecke
Feuer scheine
und mit schaurigem Geflenne
alle Hölzer hell vereine!

»Was soll das denn? Mit schaurigem Geflenne?« fragte der Eimer und musste kichern.

»Naja«, sagten die Dosen verlegen, »uns fällt einfach kein anderer Reim auf *brenne brenne* ein. Höchstens noch: *Spotze spotze/ und mit prächtigem Geprotze* oder *Knister knister/ und mit strahlendem Geblister* oder *Flacker flacker/ und mit lustigem Geknacker*

»Aber weil die Hölzer und Schuhe immer noch heulen, dachten wir, brenne und Geflenne passt am besten.«

Das kleine Holz war gerührt, dass die Dosen so schöne Worte gefunden hatten. »Vergesst den Reim«, sagte es, »Ihr habt ein schönes Gedicht gemacht, verderbt es nicht, bloß weil es sich reimen soll.« Nach kurzem Nachdenken sang es mit seiner klaren Stimme:

Brenne, brenne manche Strecke
Dass zum Zwecke
Feuer scheine
und in einer goldnen Flamme
alle Hölzer hell vereine.[1]

So sangen die gestrandeten Dinge ein ums andere Mal, um ihrem alten Freund, dem Baumstamm, und all den anderen Hölzern die letzte Ehre zu erweisen. Auch die Menschen sangen und lachten und tanzten um das Feuer, das fröhlich flackerte, knisterte und knackte. Es war eine schöne Nacht.

Aber all das konnte das kleine Holz nicht wirklich trösten.

---

1 z.B. nach der Melodie »Alle Vögel sind schon da.«

19. Trauer

Am frühen Morgen des nächsten Tages gab es ein Gewitter und es regnete in Strömen. Erst am Vormittag öffneten sich die grauen Wolken ein wenig, und die Sonne kam hervor. Eine kurze Zeit waren beide da, Sonne und Regen. Über dem Meer leuchtete ein Regenbogen. Als er verblasste, wandelte der Tag sich in strahlende Heiterkeit.

Das kleine Holz lag immer noch still und traurig an seinem Platz und sprach mit niemandem.

»He, Knüppelchen« schepperte die grüne Dose, »schöner Tag, was? Nun sei doch nicht mehr traurig, der alte Baum hat doch selbst gesagt, es tut nicht weh und macht Spaß. Sag mal, Stein, können Dosen eigentlich auch brennen?«

»Ja, wenn das Feuer sehr heiß ist.«

»Und Plastik?« fragte die Fünfliterflasche.

»Ja, in einem Spezialofen. In einem normalen Holzfeuer darf man Plastik nicht verbrennen, weil dann sehr giftige Dämpfe entstehen.«

»Und Steine? Können Steine brennen?«

»Wir verbrennen nicht, aber wir schmelzen. Bei großer Hitze fließen wir wie ein langsamer Fluss.«

»Ach, was redet Ihr da!« schimpfte die rote Dose. »Davon wird das Knüppelchen auch nicht wieder froh!«

»Dann sag Du doch was! Tröste es!«

»Nein du!«

»Nein du!«

»Jetzt streiten wir uns ja schon wieder! Hör auf damit, das macht unser Knüppelchen noch trauriger!«

»Hör du doch auf! Und nenn es nicht immer Knüppelchen, das mag es nicht! Nenn es ›edles Holz‹, so wie der
Stein!«

»Ihr könnt ruhig weiter Knüppelchen zu mir sagen«,
murmelte das Holz. »das macht mir nichts aus.«

»Geht es Dir schon ein bisschen besser?«

»Ich glaube nicht.«

Da fiel den Dosen ein, dass sie ja den Stein fragen
konnten. »Stein? Kannst du das Kn- äh, das edle Holz
nicht trösten?«

»Nein. Im Moment ist es untröstlich. Es hat gestern
seinen Freund verloren und seine Erinnerung wiederge-
funden, und beides tut ihm sehr weh. Für ein Holz ist es
schlimm, weit fort von seinem Baum zu sein, es hat
großes Heimweh.«

Da begann das Holz wieder zu weinen. »Ich war so
glücklich hier am Strand. Und jetzt erscheint mir alles
grau und kalt, obwohl die Sonne scheint und der Himmel
klar ist. Ihr seid lieb zu mir, aber ich kann mich nicht
darüber freuen, so sehr ich es auch versuche. Ich möchte
nur heim zu meinem Baum.«

»Wünsche es Dir, kleines Holz. Und hab Geduld. Alles
hat seine Zeit. Die Traurigkeit wird vergehen und dann
wirst Du ein tieferes Glück und größere Freude erleben
als zuvor.«

»Aber wie soll ich denn zu meinem Baum kommen?
Ich weiß ja gar nicht, wo er ist, bestimmt weit weg, und
ich habe ja keine Flügel und keine Beine.«

Der Stein lachte. »Jetzt aberst Du wie damals die Flasche, erinnerst Du Dich? ›Ja, aber‹ ..›ja, aber‹ ... Vielleicht
geht Dein Wunsch in Erfüllung, vielleicht nicht. Aber das

Wünschen wird Dir helfen, ebenso wie das Weinen.«

»Wie jetzt«, knatterte da die rote Dose, »Weinen hilft?
Wie soll denn ein peinliches Flennen helfen?«

»Es erfrischt die Seele und heilt den Kummer.« sagte
der Stein.

Doch das kleine Holz war zu mutlos zum Wünschen
und sogar zu müde zum Weinen. Die Freude wollte und
wollte nicht wiederkommen. Tage und Wochen vergingen.
Erst jetzt bemerkten die gestrandeten Dinge, wie sehr
ihnen die Freundlichkeit und der Gesang des kleinen
Holzes fehlten. Sie versuchten vieles, um es aufzuheitern,
aber nichts half. Sogar die Dosen bemühten sich, nicht
mehr so viel herumzuschreien, und das rührte das Holz,
denn es war das erste Mal, dass sie nicht nur an sich
selber dachten. Doch die Traurigkeit blieb und das Heimweh wurde immer größer.

Zum Glück kam dann das Kind an den Strand.

TEIL 4

*in dem drei Kinder den Dingen
neue Namen geben
und ihnen eine andere Welt schenken*

20. Neue Namen

Die meisten Menschen, die den Strand besuchten, kamen von weit her, zum Beispiel aus Deutschland, Holland oder England, wo es im Winter kalt und dunkel ist. Auch der kleine Tom saß eines Tages im Dezember mit seinen Eltern und seiner Babyschwester Lisa im Flugzeug auf dem Weg zu unserer Insel.

Tom hatte viele besondere Begabungen. Eine davon war, dass er sich nie langweilte. Wenn er wollte, verwandelte er die Welt in ein Abenteuerland. Er brauchte dafür wenig Spielzeug, denn jeder beliebige Gegenstand war ihm ebenso recht. Gerade jetzt saß er an dem heruntergeklappten Tischchen des Flugzeugsessels vor ihm und spielte mit etwas Geschirr, das er vom Mittagessen behalten hatte: Zwei weiße Plastiklöffel, eine kleine Puddingschale und eine Apfelsaftflasche.

Die Löffel waren die Matrosen Jan und Klaus, die Schale war ihr Schiff. Auf hohen Wellen schaukelte es ganz fürchterlich, als der gefährliche Pirat Nadalon in seinem rasenden Glasbot daherkam ...

Mit diesem Piratenabenteuer verging die Zeit wie im Fluge. Nachdem es zuende war – *die Matrosen Jan und Klaus hatten sich schließlich nach vielen Schwierigkeiten retten und den Piraten fangen können* – machte Tom noch ein kleines Schläfchen – und schon war das Flugzeug gelandet.

Tom war noch nie am Meer gewesen, und als seine Familie mit ihm am nächsten Vormittag zum Strand kam, staunte er nicht schlecht: Wasser bis zum Horizont! Sand,

in den man sich schmeißen konnte, ohne dass man seine
Sachen dreckig machte! Interessante Klettersteine, kleine
Wasserbassins mit Fischen drin! Wenn man sich da rein-
stellte und die Füße ganz still hielt, kamen aus ihren
Verstecken nach und nach die Fische angeschwommen;
wenn man es schaffte, noch weiter stillzuhalten, stupsten
sie einen an und knabberten sogar an den Zehen herum.
Das war ein komisches Gefühl!

Sein Vater kannte sich gut aus mit dem Meer und dem
Felswatt – so hießen die Pfützen und Wasserbassins, weil
sie bei Flut vom Meer überspült wurden und nur bei Ebbe
erforscht werden konnten. Er nahm seinen Sohn mit auf
kleine Erkundungen und zeigte ihm noch andere Tiere,
zum Beispiel Seesterne, Krebse und sehr große Schnek-
ken, die Seehasen hießen, weil ihre Fühler fast wie Hasen-
ohren aussahen.

Tom war von diesem Strand begeistert. Allein ins Wasser durfte er nicht, das war zu gefährlich. Aber überall im
Sand, zwischen den Steinen und im Felswatt konnte er
nach Herzenslust toben und klettern.

Bald verwandelte sich alles in Toms Fantasie in ein
Abenteuerland und er begann zu spielen.

*Der große Held Thomas von Schroffenstein wollte kost-
bare Schätze im Land der gefährlichen Riesenschnecken
finden. Mutig kletterte er durch unheimliche Schluchten,
watete durch wilde Seen, in denen die bekannten Knab-
bermonster hausten. Hinter einem Stein traf er die beiden
tapferen Ritter Bolilah den Roten und Unschomehr den
Grünen, die in ihren glänzenden Rüstungen schon lange
auf den großen Held gewartet hatten. Denn nur zu dritt*

konnten sie es wagen, in die Höhle mit dem Schatz vorzu-
dringen, die von einer mächtigen Seilschlange und einem
seltsamen grünen Schuhmolch bewacht wurde.

Natürlich wollten die beiden sie nicht durchlassen.

»Ohne das Zauberwort kommt Ihr hier nicht rein«,
zischelte die Schlange. Gerade wollten Thomas, Bolilah
und Undschomehr mit ihren gefährlichen Schwertern
zustechen, da schrie der Schuhmolch mit grauenhafter
Stimme: »Wir warnen Euch! Wenn Ihr uns tötet,
verwandelt sich der Goldschatz in schwarzes Pech!« »Gut,
und wie finden wir jetzt das Zauberwort?«

»Fragt den klugen Glücksdrachen, der kann Euch helfen!«, fauchte die Schlange und spie plötzlich auch noch
Feuer. »Aber wo ist dieser Glücksdrache?«

»Das müsst Ihr schon selbst herausfinden. Wir können
Euch nur so viel verraten: Er hat sich als Stock getarnt!«

Nun suchten sie und suchten. Bolilah suchte in den
gefährlichen Knabberseen, denn die Monster konnten ihm
wegen seiner starken Rüstung nichts anhaben.
Unschomehr kletterte auf den höchsten Felsen, denn er
hatte sehr gute Augen und konnte von dort oben alles
überblicken. Aber wer schließlich den Glücksdrachen
fand, das war der Held Thomas von Schroffenstein. Man
musste schon sehr genau hinschauen, um das freundliche
Drachengesicht und die typische Glücks-Schwanzflosse zu
entdecken – der Drache hatte sich ausgezeichnet getarnt.
»Ich habe ihn«, rief Thomas. »Hoch lebe unser Held!«
riefen Bolilah und Unschomehr.

Gerade als sie den Glücksdrachen zum Eingang der
Höhle bringen wollten, wurden sie von der großen
Königin gerufen:

»Komm, Tommy! Lass uns heimgehen, es wird kühl. Du

musst doch schon einen Riesenhunger haben.«

*Erst da bemerkte Held Thomas von Schroffenstein,
dass er vor lauter Hunger schon ganz geschwächt war.
»Kommt, Männer! Den Schatz heben wir morgen. Jetzt
wird erstmal gegessen und sich ausgeruht! Den
Glücksdrachen nehmen wir natürlich mit, damit er uns
nicht von Piraten gestohlen wird.*

Toms Eltern waren ein wenig erstaunt, als ihr Sohn
unbedingt einen kleinen Stock und zwei verbeulte Dosen
mit ins Ferienapartment nehmen wollte.

»Könntest Du sie nicht hier am Strand lassen? Wir
kommen morgen bestimmt wieder, dann kannst Du
weiterspielen.«

»Nein!« antwortete Tom. »Das sind Bolilah, Unschomehr und der Glücksdrache, die haben seit Tagen nichts
gegessen und sind fast verhungert!«

Die Eltern waren das schon gewohnt; sie nahmen ihren
Sohn und sein Spiel ernst. Da hatte Tom großes Glück –
nicht alle Erwachsenen tun das. Manche haben schon
lange vergessen, wie wichtig das Spielen ist.

Während Toms Mutter in der Ferienwohnung die kleine
Lisa ins Bett brachte, kochte der Vater Spaghetti mit
Tomatensoße. Tom half ihm und deckte den Tisch.

*Bolilah, Unschomehr und der Drache aßen mit von
Toms Teller, und nach dem Essen mussten sie duschen
und hinterher gründlich die Zähne putzen. Aus zwei Sofakissen bekamen die beiden Ritter ein gemütliches Bett.
Sie wollten unbedingt in ihren glänzenden Rüstungen*

schlafen, um ihren Helden jederzeit beschützen zu kön-
nen. Der Glücksdrache kuschelte sich zu Tom aufs
Kopfkissen.

Bevor das Licht ausgemacht wurde, setzte Toms Mutter sich zu ihm ans Bett, um ihm eine Gutenachtgeschichte zu erzählen. »Bitte, erzähl mir nochmal vom Glücksdrachen!« sagte Tom.

Diese Geschichte stammte aus einem Buch über ein Land namens Fantasien. Das Buch selbst war noch zu schwierig für Tom, meinte die Mutter, aber ein paar Dinge erzählte sie ihm daraus. Und am liebsten hörte Tom alles über den Glücksdrachen Fuchur, der einem Jungen bei seinen gefährlichen Abenteuern zur Seite stand.

»Also«, begann die Mutter, »Glücksdrachen gehören zu den seltensten Geschöpfen in Fantasien. Sie sind so leicht wie eine Wolke und brauchen daher keine Flügel um zu fliegen – sie schwimmen durch die Lüfte, wie Fische im Wasser. Eine weitere Besonderheit ist ihr Gesang. Wer je diesen Gesang gehört hat, vergisst ihn sein Leben lang nicht mehr. Glücksdrachen scheinen nie die Hoffnung und den Mut zu verlieren, sie vertrauen auf ihr Glück und verstehen alle Sprachen der Freude. Und«, schmunzelte die Mutter, »sie können sich ganz klein machen und sich so tarnen, dass man sie leicht mit einem Stock verwechselt. Hat man sie aber entdeckt, dann sieht man ihre große Schönheit und bemerkt die Freude und Zufriedenheit, die diese einzigartigen Wesen schenken. Wer mit einem Glücksdrachen auf dem Kopfkissen einschläft, der hat bestimmt gute und erquickende Träume!«

Nun gab die Mutter Tom noch einen Kuss auf die Stirn,

dann löschte sie das Licht – und bald waren unsere Vier zufrieden eingeschlafen.

Mitten in der Nacht erwachte das kleine Holz und stellte verwirrt fest, dass es das Meer nicht hören und den Sternenhimmel nicht sehen konnte. Erst nach und nach fiel ihm wieder ein, was am Abend geschehen war. Das Kind hatte ihm und den beiden Dosen neue Namen gegeben und es hatte sie mit in die Menschenwohnung genommen.

Wie gern hätte es jetzt mit dem Stein gesprochen! Da fiel ihm ein, dass er immer gesagt hatte, er sei mit allen anderen Steinen dieser Welt verbunden.

»Hallo, Stein!« flüsterte das Holz.

»Ja.«

Es war sehr erleichtert, als es die dunkle Stimme hörte. »Wo bist Du denn?«

»Die Wände des Hauses sind aus Stein gebaut. Ich bin gleich neben Dir, kleiner Glücksdrache.«

»Oh, Du nennst mich auch so?«

»Ja, ich finde, das Menschenkind hat Dir einen sehr passenden Namen gegeben. Ich glaube, Du wirst ein Glücksdrache sein – vielleicht nicht für immer, aber doch eine Zeit lang.«

Das Holz erinnerte sich an das, was die Mutter über den Glücksdrachen gesagt hatte. »Ich wäre sehr gern einer«, wisperte es, »aber ich weiß nicht, ob ich genug Hoffnung und Mut habe ...«

»Lass das Menschenkind nur machen. Kinder sind große Spielkünstler. Sie geben uns Dingen Namen und verändern uns mit ihrer bezaubernden Fantasie. Lass Dich überraschen.«

»Die Dosen haben heute abend kein einziges Mal gestritten.«

»Das Kind hat sie zu edlen Rittern gemacht. Du wirst sie bald kaum wiedererkennen.«

»Wirklich? Die Flasche sagt doch immer: ›Blech bleibt Blech‹?«

»Die Fantasie eines Kindes kann Blech in Gold verwandeln.«

Nach einer Pause seufzte das Holz: »Ich vermisse das Meer und den Himmel.«

»Achte auf den Atem des Kindes. Lausche ihm mit Andacht – darin wirst Du alles finden, was Du vermisst.«

Und so war es. Während das Holz Toms regelmäßigen Atemzügen lauschte, hörte es zum ersten Mal, seit es gestrandet war, den Gesang der Welt. Seine Traurigkeit schmolz dahin.

21. Spielgefährten

Am nächsten Vormittag baute Tom mit seinem Vater eine große Sandburg für die Ritter und den Glücksdrachen. Als sie gerade dabei waren, für die prächtige Burg einen Hof anzulegen, kamen zwei Kinder zu ihnen, ein Mädchen und ein Junge. Anna war etwas älter als Tom; Paul, ihr Bruder, etwas jünger. »Coole Burg«, meinte Paul. »Können wir mitmachen?« fragte Anna. »Klar«, sagte Tom und dachte bei sich: ›Hoffentlich sind das keine Angeberkinder.‹ Angeberkinder wussten immer alles besser, wollten immer bestimmen, hatten meistens teures Spielzeug dabei, mit dem sie herumprotzten, und oft lachten sie und spotteten über Tom, weil er so gerne mit Findesachen spielte.

Die Beiden holten ihre Schaufeln und Eimer und Backförmchen, und nun wurde die Burg um mehrere Nebenburgen erweitert, mit Geheimtunneln und einem Steinchengarten. »Ich hab da hinten am Meer einen großen Eimer gesehen«, rief Anna und war schon unterwegs, ihn zu holen. »Damit können wir um das ganze Gebiet noch vier große Schutztürme machen«, erklärte sie, als sie mit einem alten blauen Kunststoffeimer zurückkam, der schon einen Sprung hatte und dessen Henkel ganz verrostet war. ›Kein Angeberkind‹, dachte Tom erleichtert. Sie füllten vier mal feuchten Sand in den Eimer, kippten ihn um, klopften tüchtig – und schon waren vier kräftige runde Türme entstanden! Sie schmückten sie mit Fenstern und runden Toreingängen und oben mit Zinnen. Nun wurde noch eine hohe Schutzmauer gebaut, die alle vier Türme verband. »Cool!« rief Paul aufgeregt, »ich bring heut' Nachmittag meine Ritter und meine Dinosaurier mit, dann können wir Ritter und Drachen spielen.« »Ich hab eine Barbie dabei, das könnte die Prinzessin sein« sagte Anna. »Naja«, murmelte Tom, »ich hab hier schon zwei Ritter und einen Glücksdrachen; aber Ihr dürft mich nicht auslachen, wenn ich sie Euch zeig. Ich spiel` nämlich am liebsten mit so Zeug, was ich finde. Ich hab zu Hause in Deutschland auch ganz normales Spielzeug – Ritter und Dinosaurier und ein ganzes Piratenschiff – aber mir fallen die besten Geschichten ein, wenn ich mit dem spiele, was ich finde. Nur, manchmal lachen mich andere Kinder dann aus, und darauf hab ich kein` Bock.«

Obwohl Anna und Paul versprochen hatten nicht zu lachen, kicherte Paul doch los, als er die beiden Dosen und den Stock sah. »Hihi, das sollen Ritter sein?« Aber Anna gab ihm einen Klaps auf den Hinterkopf und sagte: »Klar, das sieht man doch! Also, ich finde die Idee voll gut, nur mit Zeugs zu spielen, was wir finden.« »Neiiin«, quengelte Paul, »ich will meine Ritter und meinen Quetz und meinen T-Rex!« »Kannst Du doch auch!« beruhigte ihn Tom. »Aber dann sind Deine Dosenritter ja viel zu groß!« »Ach«, lachte Tom, »dazu wird uns schon eine Geschichte einfallen. Lass uns doch erst mal mit dem anfangen, was wir finden, und dann bringt ihr heute Nachmittag noch Eure Sachen mit.«

Anna war schon losgegangen und kam nach kurzer Zeit mit einem schwarzen verfilzten Seilknoten und einer schlammigen Eineinhalbliter-Plastikflasche zurück. »Hier!« rief sie, »Eine Monster-Giftspinne und ein Flaschengeist! Und jetzt such' ich 'ne Prinzessin.«

Während Anna suchend den Hang heraufstieg, erklärte Tom dem Paul schon mal, was er gestern gespielt hatte: »Also, guck, da oben ist die Schatzhöhle, und da bewachen die Seilschlange und der Schuhmolch den Schatz. Und sie lassen einen nur durch, wenn man ein Zauberwort sagt; und das Zauberwort weiß der Glücksdrache hier, der sich als Stock getarnt hat. Zum ersten Mal betrachtete Paul das kleine Holz genauer. »Das hat ja ein richtiges Gesicht!« staunte er. Und Tom erzählte ihm alles über Glücksdrachen, wie freundlich sie sind, wie klug und wunderbar. »Ich such mal, vielleicht finde ich noch mehr Glücksdrachen!« kreischte Paul begeistert und rannte los. Am liebsten hätte Tom ihm hinterher gerufen: »Nein nein, meiner ist der einzige Glücksdrache hier! Glücksdrachen sind sehr, sehr selten; Du wirst bestimmt keine mehr finden!« Aber er sagte nichts. ›Ich will ja wohl kein Angeberkind sein und hier alles bestimmen‹, dachte er und ging zu seinen Eltern und seiner kleinen Schwester, die unter einem Sonnensegel im Schatten auf einer Decke lag, staunend in den Himmel blickte und kräftig strampelte. Eine blonde Frau kam mit einem Tablett vorbei. Ein großer weißer Hund folgte ihr brav in einigem Abstand, in seinem Maul trug er eine mit Sand gefüllte kleine Plastikflasche. »Pikante Gemüsetaschen? Süße Pfannkuchen?« rief die Frau freundlich. »Aaah!« strahlte Tom. »Pfannkuchenbananen! Können wir für Anna und Paul auch welche kaufen?« Gesagt, getan. Toms Eltern wählten pikante Gemüsetaschen und für die drei Kinder gab es je eine in Pfannkuchen eingerollte Banane mit Schokoladensoße.

Wie freute sich da der Paul, als er wenig später von seiner Suche zurückkam! Er hatte fünf Äste dabei. »Sieh mal!« rief er, »Alles getarnte Glücksdrachen!«

Auch Anna kam bald darauf den felsigen Hang herabgeklettert. Sie hatte etwas Weißes in der Hand. »Schaut mal, ein Flipflop«, sagte sie. Da mach ich nachher ne wunderschöne Prinzessin draus. Seht Ihr hier?« Sie drehte den Schuh um, so dass der Platz für die Zehen nach unten zeigte. »Das hier oben wird der Kopf, dann sind die beiden Riemen die Arme, die schneide ich da ab, wo sie in die Sohle reingehen. Dann male ich mit Filzstift ein Gesicht und Locken – und irgend ein Kleid finde ich auch noch!« Anna war so beschäftigt mit ihrer Prinzessin, dass es Paul fast gelungen wäre, noch einen Haps von ihrer Pfannkuchenbanane zu stibitzen. Aber nur fast!

Bald kamen Annas und Pauls Eltern, um ihre Kinder für den Heimweg abzuholen. »Was für eine schöne Burg ihr gebaut habt!« staunten sie.

»Tja, liebe Kinder«, sagte Toms Vater »Ich muss Euch eine traurige Wahrheit sagen: Heute nachmittag wird unsere Burg wohl nicht mehr da sein.«

»WAS?« schrie der kleine Paul entsetzt.

»Seht mal, die Flut kommt. Sie wird die ganze Burg wegwaschen.«

»Dann müssen wir sofort einen Wall gegen das Meer bauen!« rief Paul entschlossen.

»Keine Chance!« antwortete Toms Vater. Gegen das Meer hat Sand keine Chance.«

»Dann eben aus Steinen!« antwortete Paul, und seine Stimme war ein bisschen zittrig. »Wir haben uns so viel Arbeit gemacht! Die schöne Burg! Sie darf doch nicht verschwinden! Ich will hier bleiben und sie beschützen!«

»Gegen die Flut kommst Du nicht an, Paul« sagte seine

Mutter liebevoll. »Ich finde, die Burg ist besonders kostbar, weil es sie nur so kurz gibt. Wie ein Schneemann an einem Wintermorgen, den mittags schon die Sonne zum Schmelzen bringt.«

Doch Paul blieb wütend und traurig. »Das hättest Du uns vorher sagen können!« schimpfte er zu Toms Vater.«

»Wenn Du es gewusst hättest, hättest Du dann nicht geholfen, sie zu bauen?«

»Doch, schon...«

Schließlich hatte Tom die rettende Idee:

»Das ist unser wanderndes Zauberschloss! Es ist fast immer unsichtbar, nur heute haben wir es im Sand mal sichtbar gemacht, damit wir es nicht vergessen. Bald ist es wieder unsichtbar und wandert, wohin wir es rufen. Und nur wir werden wissen, wo es steht und wie es aussieht.«

Das gefiel allen, auch Paul.

Sie verstauten die fünf Glücksdrachen, die Monsterspinne, den Flaschengeist, den Eimer und die Ritter Unschomehr und Bolilah an einen sicheren Felsenort nahe der Zauberhöhle, wo die Flut sie nicht wegwaschen konnte. »Also, bis nachher!« rief Paul fröhlich und hüpfte mit seiner Schwester Anna und ihrer Flipflopprinzessin den Weg entlang.

»Nette Kinder!« sagte Toms Mutter, während auch sie den Heimweg zum Ferienapartment antraten. »Ja«, sagte Tom, »Die sind Klasse! Überhaupt keine Angeberkinder!«

22. Das wandernde Zauberschloss

Am späten Nachmittag kamen die drei Kinder am Strand wieder zusammen. Anna hatte in der Mittagspause den Flipflop gründlich gewaschen und daraus eine sehr interessante Prinzessin gebastelt. Sie trug ein farbenprächtiges Kleid aus einem alten Seidentuch, das Annas Mutter geopfert hatte, blickte unter blonden Locken, mit großen schwarzen Filzstiftaugen, mit vollen roten Lippen lächelnd in die Welt.

Außerdem brachte Anna die Barbiepuppe mit.

Paul zeigte stolz die beiden Saurier und seine Mannschaft von sieben Rittern. Tatsächlich passte dieses Spielzeug in der Größe nicht zu den anderen Sachen. Die Saurier gingen Prinzessin Flip mal gerade bis zur Taille. Aber Paul hatte von Toms fantasievoller Art, solche Probleme zu lösen, gelernt. »Dies ist mein T-Rex und mein Flugsaurier Quetz, und hier meine Ritter. Sie stammen alle aus dem Land Riesenklein. Sie können sich immer so groß oder klein machen, wie sie wollen. Damit ich sie bequem tragen kann, machen sie sich klein. Aber wenn sie gegen große Feinde kämpfen müssen, werden sie riesig groß, größer als wir!«

»Sehr gut!« rief Tom begeistert. »Habt Ihr schon gesehen? Unser wanderndes Zauberschloss wird gerade wieder unsichtbar. Nur noch ein paar Berge zeigen sich, wo einst die Türme waren.«

Tatsächlich leckte das Meer jetzt dort über den Sand, wo sie morgens noch gespielt hatten, und von der Burg waren nur noch Huckel übrig, die auch gerade, mit jeder

Welle, die sie umspülte, ein wenig runder und glatter und flacher wurden.

»Was ist eigentlich Flut?« fragte Paul. »Wie kommt es, dass das Meer jetzt hier aufhört, und heute morgen ging es nur bis da vorne?«

»Hat irgendwas mit dem Mond zu tun«, sagte Anna. »ich weiß aber auch nichts Genaues.«

»Lass uns meinen Papa fragen, der kann sowas erklären«, schlug Tom vor; und sie gingen zu dem Lagerplatz, wo Toms Eltern es sich mit Lisa im Schatten gemütlich gemacht hatten. »Wollt Ihr Limonade?« fragte Toms Mutter und deutete auf eine große Thermoskanne und drei Becher. So setzten sich die drei, tranken köstliche Limonade und lauschten Toms Vater, der über das Phänomen von Ebbe und Flut sprach:

»Überall auf der Welt, an jedem Meeresstrand, steigt und fällt der Wasserspiegel im Rhythmus von Ebbe und Flut. Ungefähr jetzt hat das Wasser hier seinen Höchststand erreicht. Dann geht die Wasserlinie langsam wieder zurück, etwas mehr als sechs Stunden lang, bis die Ebbe erreicht ist, also der niedrigste Wasserstand. So geht es immer hin und her. Alle zwölf Stunden ist Ebbe, alle zwölf Stunden ist Flut. Tom kann Euch erzählen, wie wir bei Ebbe hier neulich im Felswatt rumgeklettert sind und was für interessante Tiere wir gesehen haben.«

»Und was hat das ganze mit dem Mond zu tun?« fragte Anna.

»Oh, Du weißt ja gut Bescheid!« staunte Toms Vater. Also, alle großen Körper besitzen Schwerkraft, das heißt, sie ziehen kleine Körper an. Die Schwerkraft der Erde merken wir immer, jede Sekunde unseres Lebens, ganz deutlich; sie hält uns hier am Boden fest und sorgt dafür, dass Du wieder auf der Erde landest, wenn Du hochspringst. Manchmal ärgert man sich über die Schwerkraft, wenn man hinfällt und sich wehtut, oder wenn einem ein Glas aus der Hand fällt und es geht kaputt. Aber wenn die Schwerkraft nicht wäre, könnten wir uns auf dieser rasenden Erde, die sich einmal am Tag um sich selber dreht und einmal im Jahr um die Sonne, ich sag – da könnten wir uns hier gar nicht halten und würden rettungslos in den Weltraum geschleudert.«

»Und was hat das jetzt mit der Flut zu tun?« fragte Tom verwirrt.

»Oh, äh, Entschuldigung, da bin ich etwas vom Thema abgekommen. Also, der Mond besitzt auch Schwerkraft, aber viel weniger als die Erde. Seine Schwerkraft wirkt so wenig, dass wir es überhaupt nicht merken. Aber das Wasser, das wird von ihm angezogen. Wo der Mond der Erde am nächsten steht, da entsteht ein Wasserberg. Und weil die Erde sich weiter dreht, kriegt das Meer einen solchen Schwung, dass es auf der anderen Seite nochmal nen Berg macht. So gibt es einen Meeresberg nah am Mond und einen gegenüber vom Mond. Dieser Meeresberg macht die Flut. Alle 12 Stunden, wenn wir die Flut erleben, da sind wir entweder dem Mond ganz nah, oder er ist genau auf der anderen Seite der Erde.«

Tom guckte Anna und Paul an: »Habt Ihr das verstanden?« Die beiden schüttelten zweifelnd den Kopf. »Egal!« lachte Toms Vater, Merkt Euch einfach: »Flut und Ebbe werden vom Mond gemacht. Alles andere wird Euch schon noch irgendwann klar.«

»Das find ich gut an Deinem Vater«, sagte Anna, als sie

nun mit all ihren Spielsachen in die Felsen kletterten, wo ihr Fantasieabenteuer beginnen sollte, »dass er nicht immer weiter und weiter erklärt, wenn man was noch nicht verstanden hat. Das macht nämlich unser Papa. Er will dann unbedingt, dass man es versteht.«

»Nö, mein Vater sagt immer, unbeantwortete Fragen sind besser als beantwortete, weil man dann neugierig bleibt.«

»Das soll er mal unserem Papa erklären!« rief Paul. »Manchmal möchte ich was wissen, aber ich frage lieber nicht, weil ich dann vielleicht wieder so lange stillsitzen und zuhören muss.«

Paul hüpfte und kletterte behände über die Steine. »Wo sollen wir denn unser Schloss aufbauen – äh, hinzaubern?«

»Och, hier wäre doch gut!« schlug Anna vor. »Wo ist nochmal die Schatzhöhle?«

»Dort oben«, antwortete Tom und zeigte mit dem Finger auf die Felsmulde. »Wir sollten nicht zu nah wohnen, wegen der Zauberkraft, die dort vielleicht herrscht. Hier ist ein guter Platz!«

So gestalteten sie das unsichtbare Zauberschloss. Sie waren sich einig, dass die Wände und Türme und so weiter unsichtbar bleiben sollten, also bauten sie nur Mauern um die Zimmer und Gärten.

Bolilah und Unschomehr bekamen ein Aussichts-Turmzimmer, von wo aus sie Wache halten konnten, die Ritter aus Riesenklein ein anderes, die Dinosaurier und der Glücksdrache Stallplätze im Innenhof. »Was ist denn mit meinen Glücksdrachen?« fragte Paul. »Also, die sollten später in der Geschichte dazukommen. Sie sind jetzt noch über die ganze Welt verstreut, wir werden sie später um Hilfe rufen.« schlug Tom vor. »Gut, dann verstecke ich sie ganz da hinten« sagte Paul und kletterte schon zu einem Versteck. »Hier«, sagte Anna und hielt den alten Eimer hoch, »das ist unser Zukunftseimer. Hier tun wir alles rein, was erst später drankommt! Außer natürlich die Äste, die Paul schon versteckt hat; die wären ja für den Eimer zu groß.« Und sie verstaute die Monsterspinne, Prinzessin Flip und den Flaschengeist im Eimer.

»Wir könnten vielleicht zwei kleine Türme sichtbar machen«, schlug Paul vor, der sehr gerne Türme aus Steinen baute. »Einverstanden«, sagte Tom, »lass uns drei Türme machen, für jeden von uns einen.«

Aus verschiedenen Steinen Türme zu bauen ist nicht leicht. Man muss alles gut im Gleichgewicht halten, sonst stürzt es zusammen. Die drei Kinder waren so lange in diese Aufgabe vertieft, dass sie gar nicht merkten, wie golden das Sonnenlicht schon geworden war. »Kinder! Tom! Paul! Anna! Zeit nach Hause zu gehen!« ertönten die Stimmen ihrer Eltern. »Och, ich wollte doch nochmal ins Wasser!« jammerte Paul. »Dann aber schnell jetzt!« sagte Pauls Vater, und alle drei Kinder hüpften ins Meer, tobten in den Wellen, bewarfen sich mit Matsch und jauchzten vor Vergnügen. Vor lauter Wasserglück bemerkte Tom erst auf dem Heimweg, dass er den Drachen und die beiden Ritter im Zauberschloss vergessen hatte. ›Na, ist vielleicht besser so‹ dachte er, ›sie können Wache halten.‹

23. Ein schwerer Blech-Rückfall

Große Aufregung herrschte in dieser Nacht in der Bucht. »Ich bin der Eimer der Zukunft«, jubelte der alte Eimer. »Ich die gruuselige Moonsterspinne« zischte der schwarze Knotenfilz. »Ich! Bin! Prinzessin Flip!« piepste der Flipflop vergnügt. »Huhu, huhu, hier ist der Flaschengeist, versteckt im Eimer der Zukunft« tutete die große Flasche begeistert. »Und wir, kleines Holz, sind Deine Brüder, die fünf Glücksdrachen!« riefen die Äste aus ihrem Versteck. »Ja!« sagte das Holz, »Wir alle spielen mit in einer Geschichte, die gerade erst geboren wird!«

Sogar die Dinge, die von den Kindern nicht ausgewählt worden waren und noch unten in der Bucht lagen, freuten sich. »Ich wäre zwar gerne bei Euch«, rief die Fünfliterflasche, »Aber ich weiß ja, dass nicht jeder mitmachen kann.« »Ich gönne es Euch!« lachte das Tischbein. »Ich auch«, wisperte der sehr kleine Plastiksplitter. »Ich auch!« »Ich auch!« »Wir auch!« tönte es von überall her.

Nur die Dosen waren leider nicht freundlich. Dass sie nun so eine wichtige Rolle spielten, hatte einen schlimmen Blech-Rückfall bewirkt. Sie waren protziger, angeberischer, gemeiner und lauter denn je.

»Wir wurden gecastet!« schepperte die Grüne. »Wir sind im Filmbusiness!« tönte die Rote. »Suuperstars! Suuperstars!« grölten sie.

»Oh je«, stöhnte der Eimer, »jetzt geht das wieder los!«

»Naja, bei uns ist es ja kein Wunder, so gut wie wir aussehen!« kicherte die Grüne. »Aber ihr? Zwerge!

Schmächtige Drachen! Hahaha! Ein alter Latsch im Kleid hihihi..«

Da riefen die kleinen Spielzeugritter mit erstaunlich lauten Stimmen: »Was ist das denn!« »Ihr wollt Ritter sein?« »Unmöglich!« »Peinlich!«

»Ey, ihr Zwergenvolk, Klappe halten, wenn richtige Ritter reden! Wir sind supergut! Wir haben glänzende Rüstungen an und sind stark und mutig!«

»Ihr seid lächerlich!« rief der T-Rex. »Ihr habt offensichtlich keine Ahnung, was Ritter sind.«

»Genau, Ihr seid überhaupt kein bisschen ritterlich!«

»Pah! Natürlich sind wir ritterlich! Wir haben nur grade zufällig mal vergessen, was es bedeutet. Stein, sag du es uns doch bitte nochmal.«

»Zum Ritterdasein«, sagte der Stein, »gehört nicht nur das Kämpfen und der Mut. Ein edler Ritter ist höflich. Er beschützt alle Schwachen und Bedrängten. Niemals macht ein Ritter sich über die Schwäche anderer lustig.«

»Ääh – genau, das war es, ja, jetzt erinnern wir uns!« hustete die grüne Dose.

»Ach, das wussten wir doch längst!« schepperte die Rote. »Wir sind natürlich in unseren Spielrollen volle Kanne ritterlich und höflich. Aber jetzt ist Feierabend, wir haben Pause! Da können wir so frech sein wie wir wollen, ob es Euch passt oder nicht!«

»Ein gutes Spielzeug« mischte sich der Flugsaurier Quetz ein, »geht in seiner Rolle vollständig auf. Wenn Ihr in der Pause fies und gemein seid, dann könnt Ihr morgen keinen edlen Ritter spielen. Dann seid Ihr eine Fehlbesetzung! Jeder von Euch sollte sich ernsthaft in seine Rolle hineinarbeiten!«

»Aber ich habe ein bisschen Angst«, murmelte der schwarze Knotenfilz, »dass ich dann vielleicht wirklich böse werde, nicht nur im Spiel.«

»Ja, die Angst kenne ich«, sagte der T-Rex. »Ich bin in Pauls Spiel manchmal ein guter, manchmal aber auch ein sehr böser Saurier. Sei unbesorgt, wenn das Spiel vorbei ist, behältst Du nur, was zu Dir passt.«

»Vielleicht«, wisperte der kleine Plastiksplitter, »ist die Monsterspinne ja auch gar nicht wirklich böse.«

»Wir werden sehen«, sagte die Eineinhalb-Liter-Plastikflasche. »Ich bin sehr gespannt.« »Ich auch!« »Ich auch!« »Wir auch!« tönte es von überall her.

»Gute Nacht!« rief der Eimer. »Ich möchte morgen ausgeruht sein und deshalb jetzt schlafen!« »Gute Nacht!« »Gute Nacht!«

Nun wurde es still in der Bucht. Nur die Dosen flüsterten noch miteinander. Sie nahmen sich vor, ab jetzt immer richtig ritterlich zu sein. »Wir müssen ein Geheim-zeichen verabreden.« sagte die Grüne. Wenn zum Beispiel ich aus Versehen unritterlich werde, dann rufst Du ein Warnwort.«

»Aber was für ein Wort?«

»Hm, vielleicht – BIER?«

»Nein, COLA!«

»Aaargh! Du bist voll unritterlich!«

»Nein du!«

»Nein du!«

»Psst! Sonst lachen uns die Zwerge wieder aus! Wir müssen ein anderes Wort finden!«

»Ich weiß! CODE!«

»Was heißt das denn?«

»Keine Ahnung. Erinnerst Du Dich nicht? Als wir noch in dem Supermarkt im Regal standen und da immer der Fernseher lief? Da gab es so Polizisten, die riefen manchmal CODE 28 oder so.«

»Also gut, abgemacht! CODE 28 ist unser Wort.«

Und so lernten die beiden Dosen nach und nach die Ritterlichkeit. Bald sollten sie bemerken, dass sie viel mehr Spaß machte und weniger anstrengend war als Angeberei und Protzerei.

24. Eine dumme Prinzessin und böse Diener

Am nächsten Morgen konnten die drei Kinder es kaum erwarten zum Strand zu kommen. Anna und Paul übernahmen sogar freiwillig den Abwasch des Frühstücksgeschirrs, damit die Eltern schon alles zusammenpacken konnten. Auch Tom half seinen Eltern, wo er nur konnte, deckte den Tisch, passte auf Lisa auf und cremte sich selbst mit Sonnenmilch ein.

Als die Drei sich endlich trafen, hüpften sie zuerst mal ins Wasser. Das Meer war an diesem Morgen sehr ruhig, und auch die Kinder hatten keine Lust zu toben, sondern plantschten gemächlich herum und unterhielten sich dabei. »Ich hab von unserer Zauberburg geträumt«, erzählte Anna. »Und meine Barbie war eine böse Hexe, die sich als schöne Frau getarnt hatte.« »Gute Idee«, prustete Tom, während er ein paar Schwimmzüge machte. »Ja, lass uns endlich sofort anfangen mit dem Spiel!« quietschte Paul und strampelte so mit den Füßen, dass das Wasser spritzte und schäumte.

Aber sofort ging das natürlich nicht. Erst musste man sich abtrocknen und umziehen – und dann sahen sie schon den schönen weißen Hund und die Pfannkuchenfrau den Strand entlanglaufen ... Aber schließlich saßen sie, genüsslich Bananenpfannkuchen mampfend, in ihrer Zauberburg. »Lass uns einfach loserzählen«, schlug Tom vor. »Dann kommen wir ganz von selbst ins Spiel rein. Jeder, dem was einfällt, erzählt dazwischen. Ich fang mal an ... äh ... Wie wollt Ihr heißen?« »Wie heißt Du denn?« »Ich bin Thomas von Schroffenstein.« »Toller Name! Hm –

dann bin ich – Anna – nee – Anneliese von – von – ach, lass uns doch Geschwister sein! Dann heißen wir alle von Schroffenstein!«

»Ja, ich will auch Schroffenstein heißen! Paul von Schroffenstein! Wir sind die berühmten Geschwister Schroffenstein!« »Willst Du nicht lieber Paulus heißen?« fragte Anna. »Das klingt so schön altertümlich.« »Einverstanden!« rief Paul »Gut«, sagte Tom und begann zu erzählen:

Thomas von Schroffenstein schickte eine Brieftaube mit der folgenden Botschaft nach Hause: › An Anneliese und Paulus. Bin im Land der Riesenschnecken. Brauche Hilfe, bitte sofort kommen!‹ Und dann hatte er natürlich eine genaue Karte gezeichnet.

Nun erzählte Anna weiter:

Sofort machten sich Paulus und Anneliese reisefertig. ›Meine tapferen Ritter und meine Saurier begleiten mich‹, sagte Paulus. Er hatte sie einmal aus dem Lande Riesenklein mitgebracht. Die Ritter machten sich so winzig klein, dass sie in seine Satteltasche passten. ›Ich nehme das Zauberkraut Fitzliputzli mit‹, sagte Anna, ›das ich einst auf meiner Reise ins Feenland von der Königin geschenkt bekam. Es kann böse Zauber lösen.‹ Gesagt, getan. Sie schwangen sich auf ihre Rennpferde -

»Nein«, unterbrach Paul, »ich will auf meinem Saurier reiten!« »Gut«, sagte Anna und erzählte:

Paulus schwang sich auf T-Rex und Anneliese auf
Quetz, und weil die beiden Dinos auch fliegen konnten -

»Nein«, unterbrach Paul wieder, »nur der Quetz kann
fliegen!«

»Ach Mensch, Paul!« schimpfte Anna genervt, »Dann
erzähl Du jetzt weiter!« Und Paul erzählte:

Paulus rief: ›Lass uns gemeinsam auf meinem
Flugsaurier Quetz reiten, geliebte Schwester. Das geht
schneller!‹ So machten sie es. Er saß vorne und steuerte
und Anneliese saß hinten. ›Halte Dich gut fest!‹ rief
Paulus, und schon flogen sie hoch über Berg und Tal. Der
T-Rex hatte sich natürlich so klein gemacht, dass er noch
zu den Rittern in die Satteltasche passte. Schon nach drei
Stunden landeten sie im Land der Riesenschnecken.

Nun erzählte wieder Tom, und so wechselten sie sich
ab, je nachdem, welche Spielfigur gerade sprach oder
etwas machte.

Thomas von Schroffenstein war sehr erstaunt, als
seine Geschwister schon bald, nachdem er die Brieftaube
losgeschickt hatte, mit ihrem Flugsaurier genau dort
landeten, wo er auf der Karte den Treffpunkt ein-
gezeichnet hatte. ›Ei der Daus!‹ rief er. ›Ihr seid schon da?
Das ging aber schnell!‹
›Ja‹, antwortete Anneliese, ›Paulus hat uns mit seinem
Flugsaurier hergebracht!‹ ›Der kann nämlich schnell
fliegen und ist ganz zahm‹, sagte Paulus. ›Aber jetzt

braucht er unbedingt Wasser zu trinken!‹

›Natürlich!‹ rief Thomas, ›Tretet ein in unser Zauberschloss, Ihr kennt es ja! Der Glücksdrache holt schon frisches Wasser und Futter für den Quetz und den T-Rex, und für uns wird er geschwind ein köstliches Mal zubereiten. Glücksdrachen können nämlich sehr gut kochen. Auch für Deine Ritter ist bereits ein festlicher Tisch im Rittersaal gedeckt.

Während des Essens berichtete Thomas von Schroffenstein: ›Heute in aller Frühe sind wir vier – die Ritter, der Glücksdrache und ich – in die Schatzhöhle geklettert. Dort halten nämlich zwei grässliche Wesen Wache, und sie lassen uns nur durch, wenn wir ein Zauberwort sagen, das der Glücksdrache weiß. Aber egal, welches Wort der Glücksdrache probierte, die Seilschlange lachte nur, und sie ließen uns nicht durch.‹

›Und was machen wir nun?‹ fragte Anneliese.

›Können wir die beiden Wächter nicht einfach mit unseren Schwertern erstechen?‹ fragte Paulus.

›Nein, wir sollten ihnen nichts tun‹, schnurrte da der Glücksdrache mit seiner herrlichen Stimme, während er zum Nachtisch Schokoladenpudding auftrug. ›Ich glaube, auf der Höhle lastet ein Zauber, und wir wissen nicht, was geschehen wird, falls wir sie töten. Sie sagen, dass sich dann der ganze Schatz in Pech verwandeln wird. Vielleicht ist das gelogen, vielleicht aber auch nicht.‹

›Ja‹, stimmte Thomas zu, ›und vielleicht sind die beiden Wächter auch nur verzaubert, da wäre es nicht recht, sie zu verletzen. Vielleicht sind sie in Wirklichkeit gut und wurden nur von einem Zauberer oder einer Hexe mit einem Bann belegt.‹

›Aber was sollen wir stattdessen tun?‹ fragten
Anneliese und Paulus.

›Wir brauchen ein besonderes Kraut‹ sagte der
Glücksdrache. Es heißt Fitzliputzli und ist leider sehr
selten und sehr schwer zu finden. Damit könnten wir
vielleicht den Zauberbann lösen.‹

›Was für ein Zufall, dass ich gerade das Kraut
Fitzliputzli dabei habe!‹ rief Anneliese von Schroffenstein.
›Lasst uns keine Zeit verlieren!‹

So kletterten die drei Geschwister durch unheimliche
Schluchten, wateten durch wilde Seen und erreichten
endlich die Schatzhöhle. ›Verflixt!‹ keuchte die Seilschlange feuerspeiend. ›Macht bloß, dass Ihr wegkommt!‹ Aber
Anneliese ließ sich von dem ganzen Getue der Schlange
nicht ablenken, ging geradewegs auf sie und den
Schuhmolch zu, holte das Kraut aus ihrer Tasche, berührte
sie damit und sprach: ›Sei`s gewesen, sei`s gewesen!‹ Da
ruckelte und zuckelte es in den beiden Wächtern, sie
wurden erst riesig groß, dann winzig klein, dann wieder
groß, dann wieder klein. Doch anstatt sich zu verwandeln,
nahmen sie schließlich ihre wahre Größe wieder an und
fielen in einen tiefen Schlaf.

›Interessant!‹ sagte der Glücksdrache. ›Der Zauber ist
so stark, dass das Kraut es nicht schafft. Aber sie werden
mindestens zwei Stunden schlafen. Also lasst uns schnell
in die Höhle gehen!‹

Gesagt, getan. Thomas beauftragte Bolilah und
Unschomehr sich in der Nähe der Höhle zu verstecken,
Wache zu halten und Bescheid zu geben, sobald sich eine
Gefahr näherte. Dann schlichen die Vier leise an den
schlafenden Wächtern vorbei. Die Höhle wurde innen

immer enger, bis sie alle nur kriechend vorankamen.
Dann weitete sie sich plötzlich, und im Schein unzähliger
Lichter waren die Vier geblendet von großer Pracht. Gold!
Edelsteine! Kostbare Möbel, Geschmeide, Kleider. Und
inmitten all der Schätze saß vor einem großen Spiegel
eine seltsame Prinzessin. Sie war schön und ganz flach
und hatte irgendwie Ähnlichkeit mit einer Schuhsohle; sie
drehte sich vor dem Spiegel hin und her, probierte
Schmuck und Kleider an und war so begeistert von ihrem
Spiegelbild, dass sie die vier Besucher zunächst gar nicht
bemerkte.

›Hallo, Prinzessin‹, sagte Paulus. ›Wir sind Anneliese,
Thomas und Paulus von Schroffenstein, und dies ist unser
Glücksdrache. Wie ist Dein Name?‹

›Ich bin Prinzessin Flippa. Bin ich nicht hübsch? Seid Ihr
gekommen, um mich zu bewundern?‹

›Nein, wir wollen Dich retten!‹ antwortete Thomas.
›Wieso?‹

›Na, Du bist doch hier eingesperrt!‹

›Och, das macht doch nichts. Seht mal, ich darf all die
schönen Kleider anprobieren und auch den Schmuck. Was
findet Ihr besser – das Diadem oder den schwarzen Hut?‹

›Sieht beides bescheuert aus‹, sagte Paulus.

›Uuuuuhuuuuhuu!‹ heulte da die Prinzessin. ›Du bist
böse zu mir! Geh`weg, böser Junge!‹

›Ich bin doch kein Junge!‹ empörte sich Paulus. ›Ich bin
ein Held!‹

Aber die Prinzessin schien das Gespräch schon
vergessen zu haben und drehte sich weiter verzückt vor
ihrem Spiegel.

›Wie lange bist Du denn schon hier?‹ fragte Anneliese.

›Och, das ist mir egal‹, sagte Prinzessin Flippa, lächelte ihr Spiegelbild zärtlich an und begann zu singen:

›Ich bin so gut,
ich bin so toll,
ich bin die Flippa wundervoll!‹

Da mussten alle drei Schroffensteins so sehr lachen, dass sie beinahe den lauten Schrei eines Adlers überhört hätten, der von draußen in die Höhle hereinschrillte. ›Pssst‹ flüsterte der Glücksdrache, ›das war Bolilah! Es gibt Gefahr!‹

Schnell versteckten sich alle hinter einem riesigen Kleiderschrank und lauschten.

Draußen hörten sie eine grässliche, schabend-quietschende Stimme. ›Wacht auf, ihr Idioten! Was fällt Euch ein, hier zu pennen und Eure Pflichten zu vernachlässigen. Da könnte ja jeder in meine Schatzhöhle reinlatschen --- oder --- ist etwa schon jemand dort drin? – oh, Hilfe, womöglich irgendein mächtiger Zauberer --- Hühnerdreck und Flitzekacke! --- Aber halt! Habe ich da vorhin nicht den Schrei eines Adlers gehört? Das war bestimmt gar kein Adler – das waren die Einbrecher --- wollen doch mal sehen ---‹

Und in diesem Moment veränderte sich die Stimme. Sie wurde wundersüß und freundlich. Von ferne hörte man sie rufen: ›Hilfe, Hilfe! Ich habe mich hier verirrt! Kann mir denn niemand helfen?‹

›Ach, du meine Güte‹, seufzte Thomas. ›Auf diesen Trick fallen Bolilah und Unschomehr bestimmt herein. Sie sind immer so ritterlich!‹

Und da hörte man auch schon Bolilahs und Unschomehrs Stimmen: ›Ganz zu Ihren Diensten, edles Fräulein!‹ ›Es gibt hier einen gefährlichen Zauberer oder eine Hexe, aber seid unbesorgt, wir schützen Euch!‹

Da ertönte ein Zischen und ein grässliches schabend-quietschendes Gelächter. ›Aaahahaahahaaha! Ihr wolltet meine Schätze stehlen! Hahahaha! Aber ich habe Euch gerade noch rechtzeitig erwischt. In was soll ich Euch denn nun verzaubern? Ich weiß! Ihr habt so viel Glanz an Euch, ich werde Euch in zwei Dosen verwandeln. ›simsalabim, labum, labei, komm, Verdosung, komm herbei! Hmmm! Schön seht Ihr aus, so als Dosen! Aber morgen, da könnt Ihr Euch schon drauf freuen! Morgen mach ich Euch zu meinen bösen Dienern. Dafür brauche ich einen speziellen Zaubertrank, den muss ich frisch zubereiten und die ganze Nacht kochen. Haha, und dann gieße ich Euch voll damit und Ihr werdet alles vergessen, was Ihr einmal wart und werdet böse und grausam und gemein und mir dienen wie Sklaven für immerdar! Aahahaahaha!‹

Das laute, quietschende Gelächter erhob sich weit draußen in die Lüfte und wurde immer leiser. Nach einer Pause, sagte der Glücksdrache: ›Ich schaue mal nach, ob die Luft rein ist.‹ Kurz darauf rief er: ›Ihr könnt raus-kommen.‹

Draußen bot sich ihnen ein schreckliches Bild. Neben der schlafenden Schlange und dem Schuhmolch standen zwei riesige Getränkedosen.

›Oh weh!‹ rief Thomas, ›Meine armen Ritter!‹

›Ha! Kein Problem!‹ lachte Anneliese, holte ihr Kraut Fitzliputzli hervor, berührte die beiden damit und sagte:

146

›Sei`s gewesen, sei`s gewesen!‹ Da ruckelte und zuckelte
es in den Riesendosen, es knackte und knickte – und
plötzlich standen wieder die Ritter vor ihnen. ›Tausend
Dank, schönes Fräulein!‹ riefen Bolilah und Unschomehr
ritterlich und warfen sich vor Anneliese auf die Knie. ›Wir
sind untröstlich, dass wir auf den Trick der bösen Hexe
hereingefallen sind‹ sagte Bolilah und wollte schon
anfangen zu erzählen, aber Paulus rief: ›Nicht hier! Lasst
uns schnell heimgehen an einen sicheren Ort und dort
alles Weitere besprechen.‹

Nun kletterten sie wieder durch die Schluchten,
wateten durch die Seen, und erreichten endlich das
Zauberschloss. Trutzig und stark ragten seine drei Türme
empor, aber sie passten so gut in die Felslandschaft, dass
nur Eingeweihte sie erkennen konnten. Der Glücksdrache
war schon vorausgeflogen und hatte das köstlichste Mal
zubereitet, und während des Essens erzählte Bolilah, was
geschehen war. ›Also zuerst kam ein gräuliches
Spinnenmonster daher und betrat, zum Glück, ohne uns
in unserem Versteck zu bemerken, die Höhle. Wir konnten
hören, wie es drinnen einen furchtbaren Wutanfall
bekam. Seine Stimme war dabei so eklig schabend und
quietschend, dass uns fast das Blut in den Adern gefror.
Dann kam die Spinne wieder aus dem Höhleneingang
gerannt und verschwand. Wenig später tippelte ein
wunderschönes Fräulein den Weg hinauf und rief mit
süßer Stimme um Hilfe. Natürlich sprangen wir sofort aus
unseren Verstecken, um ihr beizustehen. Da ertönte aus
ihrem Mund ein grässliches schabend-quietschendes
Gelächter und sie verwandelte sich augenblicklich in die
Riesenspinne, die uns von oben bis unten mit ihrem Gift

besprizte. Sie sprach einen Zauberspruch, und schon begann unsere Verdosung. Die Spinne verwandelte sich zur gleichen Zeit wieder in das Fräulein, ergriff einen Besen, schwang sich darauf und flog mit bösem Gelächter davon.‹

Wir sind so froh, dass Ihr gekommen seid, bevor die Hexe uns in böse Diener verwandeln konnte!‹ rief Unschomehr.

›Ja, ihr Zaubertrank ist so stark, dass nicht einmal das Kraut Fitzliputzli dagegen hilft! Die arme Seilschlange und der Schuhmolch!‹ sagte Anneliese.

›Und die arme Prinzessin!‹ seufzte Thomas.

›Was, diese doofe Nuss? Die tut mir überhaupt nicht leid!‹ schimpfte Paulus.

›Hast Du denn nicht gemerkt, dass sie auch verzaubert war?‹

›Ach, du meinst, die ist in echt nicht so blöd?‹

›Bestimmt nicht‹, sagte der Glücksdrache. ›Wahrscheinlich ist sie sogar besonders klug. Diese Hexe ist sehr neidisch, und es macht ihr Spaß, Wesen genau das wegzunehmen, worum sie sie beneidet.‹

›Tja, was machen wir nun?‹ fragte Paulus.

›Wir müssen all die armen Verzauberten befreien, das ist klar!‹ sagte Anneliese. ›Aber wie?‹ fragte Thomas.

›Erst müssen wir die bösen Diener wieder zu guten Dienern machen.‹ sagte der Glücksdrache. ›Wenn Du sie befreist, so lange sie noch böse sind, ist das gefährlich, dann können sie viel Schaden anrichten.‹

›Aber so lange sie Diener von der bösen Hexe sind, können sie doch gar nicht gut werden!‹ wandte Thomas ein.

›Ich kenne drei Wege, böse Diener zu erlösen‹, sagte der Glücksdrache. ›Man muss den Herrn oder die Herrin töten, einsperren oder verwandeln.‹

›Töten!‹ rief Paulus. ›Lasst uns die alte Hexe ein für allemal unschädlich machen!‹

›Nein!‹ widersprach Anneliese. ›Ich mag das Töten nicht!‹

›Und es ist nicht einfach‹, sagte der Glücksdrache. Ein böses Wesen zu töten, ist sehr schwierig und gefährlich.‹

›Dann eben einsperren!‹ meinte Paulus. ›Tief unter der Erde oder im Meer.‹

›Aber‹, gab Thomas zu bedenken, ›wenn du ein böses Wesen wegschließt, wird es davon noch viel böser! Und was, wenn es sich dann irgendwann befreien kann? Denkt an die Märchen. Da kommt das, was eingesperrt ist, früher oder später immer frei!‹

›Ich bin für Verwandeln‹, sagte der Glücksdrache.

›Aber in was?‹

›In eine gute Hexe.‹

›Igitt!‹ Anneliese schüttelte sich. ›Diese Hexe? Die ist so raffiniert, ich glaube nicht, dass das geht. Sie würde uns nur vorspielen, dass sie gut geworden ist. Sie kann so hübsch aussehen und mit ihrer süßen Stimme säuseln.‹

›Ich kann böse Wesen in gute verwandeln. Glücksdrachen können das. Aber es ist sehr schwer und ich brauche viel Hilfe.‹ ›Sprich!‹ ›Sag an!‹ ›Wie soll das gehen?‹ riefen die drei Schroffensteins aufgeregt. ›Auf uns kannst Du Dich verlassen, wir helfen Dir, wo wir können!‹ ›Ich muss sie auf die Stirn küssen und ihr sagen, dass ich sie liebe.‹

›Aha!‹ kicherte Paulus. ›Also müssen wir die Hexe

irgendwie fesseln, und dann küsst Du sie und sagst Ich liebe Dich!‹

›Nein‹, sagte der Glücksdrache, ›das würde nicht reichen. Es muss ein Kuss der Liebe sein. Es darf nicht vorgetäuscht sein. Ich muss sie wirklich lieben.‹

›Oh jemineh, wie willst Du es schaffen, ein so böses Wesen zu lieben?‹

›Glücksdrachen können das. Aber ich muss dem Wesen zuerst zuhören, und es muss mir die Wahrheit sagen. Dann kann ich verstehen, warum es böse ist, und dann kann ich es lieben.‹

An dieser Stelle hörte Anna auf zu spielen und blickte Tom, der gerade mit der Stimme des Glücksdrachen gesprochen hatte, erstaunt an. »Wie kommst Du bloß auf sowas? Das ist so eine schöne Idee, die Du da hast!«

»Ach, ich habe manchmal Albträume«, sagte Tom und wurde ein bisschen rot. »Dann rennen irgendwelche Monster hinter mir her, und ich renne und renne und habe schreckliche Angst, manchmal bin ich schon schreiend aufgewacht.«

»Das kenne ich auch«, sagte Paul leise.

»Ja«, redete Tom weiter, »und meine Mutter hat mir erklärt, dass die Monster nur so lange böse sind, wie ich vor ihnen weglaufe. Sie sagt immer: ›Wenn im Traum etwas hinter Dir her läuft, dann will es zu Dir. Dann will es Dir vielleicht etwas Wichtiges sagen.‹ Sie hat mir geraten, mal zu versuchen, im Traum einfach stehen zu bleiben, mich umzudrehen, das Monster genau anzugucken und zu fragen: ›Was willst Du von mir?‹ Dann würde es sich immer in etwas anderes verwandeln.«

»Und? Klappt das?«

»Na, meistens nicht. Weil man ja nicht merkt, dass man träumt. Man rennt einfach und hat große Angst. Aber zweimal hab ich es schon geschafft. Einmal pflatschte so eine schleimige Riesenkröte hinter mir her – und plötzlich dachte ich im Traum an den Rat und machte es so. Ich blieb stehen, drehte mich um und guckte die Kröte genau an. Das war komisch! Sie kriegte auf einmal ein Hundegesicht, wisst Ihr, so, wie wenn ein Hund bettelt und so lieb wie möglich aussehen will. Sie guckt mich also ganz treuherzig an, und dann verwandelt sie sich in einen riesigen Schleimhaufen und tropft irgendwie weg. Ich musste ganz doll lachen und wachte lachend auf.«

»Und was wollte sie von Dir?«

»Das hab ich vergessen zu fragen. Aber seitdem sind die Albträume nicht mehr so schlimm. Wenn ich jetzt mal mit Angst aufwache, dann denke ich: ›Mist! Hast Dich nicht umgedreht!‹«

Anna und Paul guckten Tom immer noch so bewundernd an, dass er verlegen wurde. »Es macht großen Spaß, mit Euch zu spielen, weil Ihr so richtig mitmacht«, sagte er und wurde wieder ein bisschen rot.

»Ich finde es auch voll cool mit Dir zu spielen!« sagte Paul. »Und das mit den Albträumen, das probier ich mal!«

»Ich auch«, sagte Anna sehr ernsthaft.

In diesem Moment riefen die Eltern ihre Kinder zum Heimgehen. »Mittagessen! Mittagspause!« »Ach Mist«, quengelte Paul, »gerade, wo es so spannend ist! Können wir noch eben ..« »Ins Wasser?« fragte Pauls Vater. »Nö«, rief seine Mutter, »das wird zu spät! Das Meer läuft Euch nicht weg, heute nachmittag macht Ihr weiter!« »Aber ich will heute einen Mittagsschlaf machen«, jammerte Paul, »bin sehr müde!« Das beunruhigte Pauls Mutter. Sie legte ihm die Hand auf die Stirn um zu prüfen, ob er vielleicht Fieber hatte. Aber seine Stirn war ganz kühl.

»Wir werden sehen«, antwortete Pauls Vater gutmütig. »Auf jeden Fall müsst Ihr ein paar Stunden aus der Sonne raus, einfach Pause machen«, sagte die Mutter streng.

»Bis später!« rief Tom ihnen zu, während er seinen Eltern half, alles zusammenzupacken.

25. Der vierfache Kreis

Als sich die Kinder nachmittags in ihrem Zauberschloss wieder trafen, legte Anna einen weichen, weißen Plüschhasen in die Mitte. »Das ist Hoppelmeier, mein Kuschelhase. Den hab' ich schon von klein an. Können wir den gebrauchen?« »Bestimmt! Mal sehen!« sagte Tom und legte eine große Tüte Aprikosen dazu, die seine Mutter ihm gegeben hatte. Während sie die süßen Früchte mit der samtigen Haut aßen und die Kerne im hohem Bogen fortwarfen, einigten sie sich, wer an diesem Nachmittag welche Rolle spielen sollte.

»Also, ich spiele Paulus, die Zwergenritter, die Saurier und die fünf Brüder vom Glücksdrachen – wenn die überhaupt endlich mal drankommen«, sagte Paul.

»Doch, doch!« antwortete Tom. »Heute ist Endkampf. Da spielt alles mit. Ich bin Thomas, die Dosenritter, der Schuhmolch und der Glücksdrache. Ach, und lasst bitte ein paar Aprikosen übrig, dazu habe ich noch eine Idee.«

»Hm«, sagte Anna, »sieben Stück sind noch da. Ich spiele Prinzessin Flippa, die Seilschlange, die Hexe und vielleicht den Hasen. Und natürlich Anneliese.«

Und so begann das Spiel; der Endkampf, wie Tom es genannt hatte.

Der Glücksdrache erläuterte den Dreien seinen Plan:
›Zuerst müssen wir die Hexe hier in Euer Schloss bringen. Weil sie nicht freiwillig mitkommen wird, müssen wir eine List anwenden. Dazu müssen wir den Schuh-molch, wenn die Hexe in der Höhle ist, zum Lachen

bringen. *Sein Gelächter ist so gräßlich, dass jeder, der es hört – sogar er selber – viele Stunden zu Stein erstarrt. Die steinerne Hexe ist zwar sehr schwer, viel schwerer als gewöhnliche Steinbrocken; aber wir haben ja den T-Rex, der kann sie ohne weiteres zum Schloss bringen.‹*

›Aber wie sollen wir den Schuhmolch zum Lachen bringen?‹ fragte Paulus. ›Sollen wir ihm Witze erzählen? Also, ich weiß einen -‹

›Schuhmolche‹, sagte der Glücksdrache, ›sind sehr kitzelig. Zum Glück haben wir die Zwergenritter! Sie können sich unerkannt in die Höhle schleichen und sich unter der Sohle des Molches verstecken. Natürlich müssen wir ihre Ohren vorher mit Wachs verstopfen. Aber auf keinen Fall dürfen sie ihn zu früh kitzeln. Sie müssen sich ganz still verhalten, bis die Hexe kommt. Meinst Du, Paul, dass Deine Ritter mutig genug sind dieses Abenteuer zu wagen?‹

›Aber klar!‹ rief Paulus begeistert. Ich werde sie sofort vorbereiten!‹

Während Paulus seinen Rittern den Plan erklärte und Anneliese das Wachs für ihre Ohren schmolz, erhob sich der Glücksdrache hoch in die Lüfte, um seine fünf Brüder herbeizurufen:

> *›Brüder, Brüder,*
> *kommt herbei!*
> *Ich brauch Euch*
> *gegen Hexerei!‹*

Dann gab der Glücksdrache Bolilah und Unschomehr noch einen wichtigen Auftrag: ›Fliegt mit dem Flugsaurier

Quetz ins ferne Land Aprikosien, wo die Wahrheitsaprikosen wachsen. Aber ihr müsst sehr gut aufpassen; es
gibt dort nämlich auch Lügenaprikosen und Dummheits-
aprikosen. Die dürft Ihr auf keinen Fall mitbringen.‹

›Jawohl, aber wie erkennen wir die Wahrheitsaprikosen?‹ fragte Bohlila ängstlich.

›Nur sie sind gelbrot und haben eine samtige Haut. Die
Lügenaprikosen sind grünrot, und die Dummheits-
aprikosen ganz glatt.‹

›Weh uns‹, jammerte Unschomehr, ›hoffentlich
machen wir nicht wieder einen Fehler wie gestern mit der
Hexe!‹

›Das schafft Ihr schon! Und ihr dürft nur sieben Stück
mitbringen, nicht mehr.‹

›Warum nur sieben?‹

›Weil die Aprikosen sich sonst an der Grenze des
Aprikosenlandes in Dreck verwandeln‹ lachte der
Glücksdrache.

›Oh!‹ staunten die Ritter und beeilten sich dann, Quetz
aus seinem Stall zu holen.

›Gut‹, sagte der Glücksdrache, ›ich werde jetzt die
Zwergenritter begleiten. Sobald unsere List gelungen ist,
sage ich Euch Bescheid und Ihr bringt den T-Rex zur
Höhle.‹

›Aber vergiss nicht das Wachs für Deine Ohren‹, sagte
Anneliese fürsorglich.

›Das brauche ich nicht. Glücksdrachen sind gegen
Molchgelächter immun. Bitte legt inzwischen im Innenhof
einen Steinkreis, in den wir später die steinerne Hexe
stellen werden. Er muss ganz dicht sein und darf keine
Lücke haben.‹

So waren nun alle beschäftigt.

Die kleinen Ritter schlichen unerkannt in die Schatz-höhle. Die Seilschlange und der Schuhmolch waren zwar wieder aufgewacht, aber immer noch benommen von ihrem Fitzliputzli-Schlaf. So war es für die Zwergenritter leicht, sich unter der Sohle des Schuhmolches zu verstek-ken, ohne ihn ein einziges Mal zu kitzeln. Der Glücks-drache legte sich, als Stock getarnt, nahe neben den Höhleneingang.

Nicht lange, da kam auch schon die Hexe als schönes Fräulein auf ihrem Besen angeflogen. In einem Krug hatte sie den Zaubertrank, mit dem sie die Dosen in böse Diener verwandeln wollte. ›Verflixt!‹ schrie sie, als sie be-merkte, dass die beiden Getränkedosen verschwunden waren. Sie rannte in die Höhle und keifte die Seilschlange und den Schuhmolch an: ›Ihr Missgeburten! Was ist hier passiert! Wer hat die Dosen gestohlen? Wehe, wenn ihr mir nicht alles genau erzählt! Ich höre!‹ Aber was sie hörte, war das grauenhafte Gelächter des Schuhmolches, der genau in diesem Moment von den kleinen Rittern nach Kräften gekitzelt wurde. Die Hexe, die Schlange und der Schuhmolch selbst erstarrten sofort zu Stein; der Glücksdrache flog schnell zur Zauberhöhle, und wenig später zitterte die Erde von den stampfenden Schritten des T-Rex. Er nahm die versteinerte Hexe behutsam in sein Maul, trug sie zum Zauberschloss und stellte sie in den Steinkreis, den Paulus und Anneliese inzwischen sorgfältig gelegt hatten.

Währenddessen waren die fünf Brüder des Glücks-drachen eingetroffen und begrüßten einander auf das Herzlichste. Sie hatten sich viele Jahre nicht gesehen und ihre Wiedersehensfreude war groß. Zum ersten Mal erfuhren nun Thomas, Paulus und Anneliese auch den Namen ihres Freundes. ›Mit Nachnamen heißen wir alle Chur‹, sagte er. ›Ich bin Fu, das ist mein Bruder Fa, das ist Fe, das Fei, das Fi und das Fo.‹

Als die Brüder von Fu erfuhren, dass sie einen Wahrheitszauber brauchten, um ein böses Wesen in ein gutes zu verwandeln, nickten sie ernst und wünschten einander Mut und Glück.

›Wir müssen zwei Dreiecke bilden‹, erklärte Fei. ›Eines muss genau drei Meter vor, neben und hinter der Burg entstehen. Meine Brüder Fo, Fi und ich werden uns dort an drei Punkten hinlegen, und wir werden von nun an ununterbrochen das Wahrheitslied singen. Fu, Fe und Fa werden sich dreißig Zentimeter außerhalb vom Steinkreis niederlassen.‹

Nun warteten sie noch auf Quetz, Bolilah, Unschomehr und die Wahrheitsaprikosen. Wo blieben sie nur?

›Da!‹ rief Paulus und deutete auf einen winzigen Punkt am Himmel, der langsam größer wurde. Tatsächlich! Es war Quetz, und auf seinem Rücken saßen Bolilah und Unschomehr und sie brachten, wie befohlen, sieben Wahrheitsaprikosen. ›Wir mussten ziemlich lange suchen‹, keuchte Bolilah, nachdem sie gelandet waren. ›Ja‹, sagte Unschomehr, ›es gibt dort im Moment eine Dummheitsplage. Überall wuchert Dummheitsgestrüpp, man kommt zu den Wahrheitsbäumen kaum noch durch.‹ ›Und das Schlimmste ist‹, ergänzte Bolilah, ›dass die Lügenbäume jetzt anfangen, sich als Wahrheitsbäume zu tarnen. Sie machen jetzt auch gelbrote Früchte. Sie sehen fast genau so aus, es ist nicht leicht den Unterschied zu

erkennen. Zum Glück hat uns ein alter blauer Bär gehol-
fen – wir sollen Euch herzlich grüßen von ihm.‹ ›Ah, der
Blaubär‹, lachte Fu. ›Ja, dem könnt Ihr vertrauen. Wie hat
er Euch denn geholfen?‹ ›Also, die Lügenfrüchte sind
größer und sehen saftiger aus. Aber wenn man sie öffnet,
sind sie innen verfault. Die Wahrheitsaprikosen sind
etwas kleiner und oft auch ein bisschen verschrumpelt.‹

›Gut gemacht!‹ lobten Fu, Fa und Fe. ›Jetzt müssen wir
aus einer Aprikose ein Mus machen und den Saft heraus-
pressen. Außerdem koche Du, Anneliese, aus Fitzliputzli
und Wasser einen Tee. Aber verbrauche nicht das ganze
Kraut, wir brauchen vielleicht später noch was. Der Tee
wird dann mit dem Aprikosensaft vermischt und in einer
Schale in den Steinkreis gestellt. Sobald die Hexe aus ihrer
Versteinerung erwacht, wird sie sehr großen Durst haben.
Wenn wir Glück haben, trinkt sie diesen Trunk . Die ande-
ren Aprikosen werden so verteilt: Drei sind für uns im
inneren Dreieck. Die restlichen drei müssen in zwölf
Stücke aufgeteilt werden.‹ ›Also muss jede Aprikose in
vier Stücke geteilt werden‹, sagte Anneliese. ›Drei mal
vier Stücke sind zwölf Stücke.‹

›Ganz richtig!‹ lobte Fa. ›Und wenn es so weit ist, dass
die Hexe aus ihrer Versteinerung erwacht, dann müssen
sich alle Personen, also Anneliese, Paulus, Thomas, Bo-
lilah, Unschomehr und die sieben Zwerge, an den Händen
fassen und um uns drei Drachen noch einen Kreis bilden.
Und egal, was geschieht, Ihr müsst Euch immer weiter
fest an den Händen halten, damit die Hexe nicht entkom-
men kann.‹

›Bevor die Hexe ganz aufgewacht ist‹, sagte Fe, ›wer-
den wir alle unsere Aprikosen essen, dann sehen wir, wer

sie wirklich ist. Dann kann sie uns nicht mehr belügen.‹

›Noch etwas sehr Wichtiges‹, sagte Fu. Es kann sein, dass Ihr, wenn Ihr seht, wer die Hexe wirklich ist, plötzlich großes Mitgefühl und viel Liebe für sie empfindet. Aber Ihr dürft auf keinen Fall sprechen, bevor nicht einer von uns ihr den Kuss der Liebe auf die Stirn gegeben hat. Sonst war alle Mühe vergebens.‹

So wurde alles für das Aufwachen der Hexe vorbereitet. Der Trank war fertig und stand in einer Schale etwas entfernt von der steinernen Hexenstatue. Die Aprikosen wurden zerteilt. Jeder kannte seinen Platz und seine Aufgabe. Die drei Glücksdrachen im äußeren Dreieck summten und brummten unentwegt, und obwohl man ihre Worte nicht verstehen konnte, machte ihr Gesang alle hoffnungsvoll und frohgemut.

Immer abwechselnd hielt jemand bei der Statue Wache. Es war Anneliese, die die Verwandlung zuerst bemerkte. ›Sie kriegt Farbe!‹ rief sie, und sofort rannten alle auf ihre Plätze. Die sieben Zwergenritter machten sich so groß, dass sie genau zu Paulus, Anneliese und den anderen passten. Bevor sich alle an den Händen fassten, verteilte Anneliese die Aprikosenstückchen, und alle aßen.

Die Statue, die vorher ganz steingrau gewesen war, wurde rosa, das Haar wurde blond, das Kleid rot – bis die Hexe in ihrer Schönheitstarnung so dastand, wie sie vorher gewesen war. Dann zuckte es in ihrem Gesicht, sie zwinkerte, wedelte mit den Armen, drehte den Kopf, schaute hierhin und dahin und fragte mit ihrer süßesten Stimme: ›Wo bin ich?‹ ›Du bist‹, antwortete Fu, ›in unserem Zauberschloss. Du bist gebannt in einem vierfachen Kreis. Wir werden Dich erst wieder freilassen, wenn Du unst zeigst, wer Du wirklich bist.‹

*›Aarghaarrrrrghghaaah!‹ schrie die Hexe mit fürch-
terlich quietschend-schabender Stimme. Entführung!
Verbrechen! Ich werde euch zeigen, wer ich bin!‹ Und sie
verwandelte sich sofort in die gräßliche Monsterspinne
und versuchte, die drei Drachen mit ihrem Gift zu
bespritzen. Aber sie konnte den Steinkreis nicht verlassen,
und so erreichte das Gift nur den Boden und verdampfte.
Als sie bemerkte, dass Drohungen und Geschrei ihr nicht
halfen, verwandelte sie sich wieder zurück in das schöne
Fräulein und begann herzerweichend zu schluchzen und
zu jammern: ›Oh weh! Was habt ihr mir angetan! Wie
könnt ihr ein armes, schwaches Mädchen so quälen!
Hilfe, Hilfe! Ich habe solche Schmerzen! Und entsetzlichen
Durst! HILFE!‹*

*Schließlich sah sie die Schale mit dem Aprikosen-
Fitzliputzli-Wasser, stürzte sich darauf und trank es in
einem Zug aus.*

*Ein noch nie gehörter Schrei gellte nun über das Land.
Das Wesen, das gerade noch ein hübsches Mädchen
gewesen war, wandelte sich wieder in die Spinne, dann in
einen riesigen Saurier, dann in einen winzigen Plastiksplitter, dann in eine schleimige Kröte und in grässliche,
nie gesehene Monster noch und noch; die Verwand-
lungen passierten immer schneller und schneller, so
schnell, dass man die einzelnen Erscheinungen gar nicht
mehr erkennen konnte und alles in einem Nebel zu
verschwinden schien, bis schließlich der gellende Schrei
verstummte und eine unscheinbare sandige Flasche im
Steinkreis lag.*

›Wer bist Du?‹ fragte Fa mit ruhiger Stimme.

›Ich bin ein armes, hübsches Fräu.. , ein Mons.. , eine Krö... , ein Sauri ... aaargh!‹ Die Flasche wollte lügen, konnte es aber nicht. ›Ich bin ein Flaschengeist.‹ sagte sie schließlich leise.

›Das dachte ich mir schon‹, antwortete Fe. ›Und was willst Du auf dieser Welt?‹

›Ich will böse sein! Böse! So böse ich kann! Und andere zu bösen Dienern machen!‹ schrie die Flasche.‹

›Warum willst Du böse sein? Warum willst Du nicht gut sein?‹ fragte Fu.

›Das Gute langweilt mich!‹

›Du langweilst Dich oft?‹ fragte Fa.

›Blödsi ... , Quat ..., ... , äh, ja, ich langweile mich oft.‹

›Dann bist Du wohl ganz und gar allein?‹ fragte Fu

›Ja‹, weinte der Geist. ›So lange schon ...‹

In diesem Moment hatten alle den Geist plötzlich lieb; die Zwerge, die Ritter, Heldin Anneliese, Held Paulus, Held Thomas und erst recht der Glücksdrache und seine fünf Brüder. Beinahe hätte Bolilah etwas gesagt, aber Unschomehr hielt ihm noch rechtzeitig den Mund zu, während der Glücksdrache Fu Chur ganz sanft wie eine Wolke herbeischwebte, den Geist dahin küsste, wo wahrscheinlich seine Stirn war, und mit herrlich dröhnender Stimme sagte: ›Ich hab Dich lieb!‹

Da schüttelte es den Geist und er explodierte plötzlich irgendwie und verwandelte sich in weißen Rauch, der hoch, hoch in die Luft schoss, bis zu den Wolken, und ein jubelndes ›JAA‹ ertönte. Dann wurde die Riesenwolke immer kleiner und kleiner, bis sie sich schließlich in einen kuscheligen weißen Hasen verdichtete. Der verbeugte sich und sagte: ›Danke! Ihr habt mich erlöst!‹

›Erzähle!‹ riefen alle.

›Ein andermal gern!‹ rief der Hase. Jetzt muss ich erst alle erlösen, die ich verzaubert habe. Er rief mit einer Stimme, die wie das Rauschen des Meeres und des Windes klang: ›Muutaaboor!‹, und alle, die er je verzaubert hatte, verwandelten sich zurück. Aus der Schlange wurde Frau Tau und aus der Spinne wurde Herr Wuschel. ›Liebster!‹ rief die kluge Prinzessin Flippa. ›Liebste!‹ rief der ehemalige Schuhmolch, jetzt der starke Prinz Clog, und sie umarmten sich, als wollten sie sich nie mehr loslassen. Wie viele Gestalten da in den Steinen erwachten und ungläubig fragten ›wo bin ich?‹, das kann gar nicht gezählt werden. Die Schätze aber in der Schatzhöhle, die sich die böse Hexe von überall zusammengeklaut hatte, schenkte der Hase seinen Rettern. ›Ich kann sie nicht mehr zurückgeben‹, sagte er; ›Tut Gutes damit und helft denen, die Hilfe brauchen.‹ Er verneigte sich tief vor allen Anwesenden. ›Verzeiht, dass ich nicht länger bleiben kann, aber ich habe noch viel zu tun. Ich habe in all den Jahrtausenden so viel Böses angerichtet; ich darf keine Zeit verlieren und muss wieder gutmachen, was noch gutzumachen ist.‹ Und mit einem ›Wisch‹ war der Hase verschwunden.

»Oh, was ein tolles Spiel!« rief Paul und reckte und streckte sich. »Lass uns ins Wasser gehen!« Aber Tom wusste, dass er das Spiel erst ordentlich zu Ende bringen musste.

›Ihr alle dort draußen, die Ihr gerade zurückverwandelt wurdet‹, rief Thomas von Schroffenstein, ›Wir laden Euch *ein auf unser Zauberschloss. Da sollt Ihr essen und trinken und Euch Eure Geschichten erzählen. Wenn es den sechs Drachen nichts ausmacht, könnten sie vielleicht das Kochen und Bewirten übernehmen.‹ ›Ja, gern!‹ summten und brummten die Sechs. ›Bolilah und Unschomehr, Ihr beschützt alle.‹ ›Wird gemacht!‹ antworteten die beiden Ritter. ›Herr Wuschel und Frau Tau, Ihr sorgt für Ordnung in unserem Zauberschloss und führt den Haushalt. ›Gerne!‹ riefen Frau Tau und Herr Wuschel. ›Prinz Clog und Prinzessin Flippa – Ihr sollt den Schatz verwalten und denen helfen, die Sorgen haben. Ihr alle dürft hier so lange wohnen wie Ihr wollt. Das Schloss gehört Euch.‹*

›Aber das sind doch viel zu große Geschenke!‹ sagte Prinzessin Flippa. ›Ein ganzes Schloss und ein riesiger Schatz! Wie können wir Euch jemals genug danken!‹

›Wir Schroffensteins können uns jederzeit überall auf der Welt ein neues Zauberschloss bauen.‹ antwortete Paulus. ›Meine Zwergenritter und Dinosaurier müssen nun mit mir weiterziehen – Ihr braucht uns nicht mehr, und auf der Welt warten noch viele Abenteuer und Schätze auf uns.‹ ›Wohl gesprochen, geliebter Bruder!‹ sagte Anneliese.

›Gehabt Euch wohl! Adieu! Alles Gute!‹ riefen die drei Geschwister Schroffenstein, und ein unermesslicher Jubel war die Antwort.

Nun gingen die Kinder vergnügt zurück zum Strand, wo ihre Eltern schon auf sie warteten. Sie hatten alle drei strahlende Augen und rote Wangen. »Ach«, sagte Annas und Pauls Mutter, »die Seeluft tut den Kindern so gut!« »Können wir nochmal ins Wasser?« fragte Anna. »Lasst uns doch ruhig allein rein, heute sind die Wellen ganz niedrig.« »Nein nein«, sagte Annas und Pauls Vater, »ich möchte auch gern schwimmen!« »Ich auch!« rief seine Frau. Auch Toms Eltern kamen mit. Abwechselnd hielten sie die kleine Lisa auf dem Arm, die glücklich in der glitzernden Wasseroberfläche strampelte und plantschte.

So gingen sie alle zusammen ins Meer, tobten in den sanften Wellen oder schwammen ein Stück hinaus ins Gold der untergehenden Sonne.

»Hm«, fragte der Eimer oben im Zauberschloss, »ist das Märchen jetzt zuende?«

»Vielleicht ja, vielleicht nein« antwortete der Stein. Das Spiel der Kinder ist frei. Es kommt und geht wie der Wind.«

»Das ist fürwahr nicht leicht für uns«, klagten die Dosen ritterlich.

»Wir könnten allein weiterspielen«, schlug der Flipflop vor. »Ach nee«, sagte der Eimer, »ich glaub das klappt nicht.«

26. Abschied

Am nächsten Vormittag kletterten die drei Kinder, wie gewohnt, nach dem Schwimmen hoch in ihr Zauberschloss.

»Komisch, dass das Spiel zuende ist«, sagte Paul. »Aber wisst Ihr was? Heute nacht bin ich plötzlich aufgewacht und mir ist eingefallen, dass wir was vergessen haben«

»Was denn?« fragten Tom und Anna.

»Den **Böse-Diener-Zaubertrank!** Erinnert Ihr Euch? Die Hexe hat ihn in einem Krug zur Höhle gebracht, und dort steht er noch!«

»Tatsächlich!« sagte Tom. »Aber das passt ganz gut zu dem Märchen. Da bleibt oft irgendwas Böses übrig, so dass man nicht weiß, ob das Ganze irgendwann wieder von vorne anfängt.«

»Dann könnten wir doch jetzt weiterspielen!« freute sich Paul.

»Ach nee, Paul«, sagte Anna. »heute ist unser letzter Tag, lass uns was anderes machen!«

»Wirklich?« fragte Tom, »Ihr fahrt morgen nach Hause?«

»Na, wir fliegen!« kicherte Paul. Aber nicht auf Quetz!«

»Schade!« murmelte Tom.

»Wie lange bleibst Du denn noch?«

»Eine Woche. Ihr werdet mir fehlen. Auch danach, zu Hause. Da habe ich nicht solche Freunde wie Euch.«

»Ich auch nicht«, sagte Anna. »In der Schule werde ich manchmal gehänselt, weil ich so dünn bin. Ich hatte eine sehr gute Freundin, aber die ist letztes Jahr weggezogen.«

»Du bist doch gar nicht dünn!«

»Doch doch, meine Beine. Auf dem Schulhof rufen sie mich manchmal Spinnenbein.«

»Wie doof! Wie gemein!« ereiferte sich Tom.

»Also, ich habe zwei gute Freunde und noch vier Kumpels.« sagte Paul. »Wir spielen viel Ritter und so – aber das mit den Dosen und dem anderen Zeugs erzähle ich lieber nicht, sonst hänseln sie mich womöglich auch. Man muss immer cool sein und die richtigen Klamotten anhaben, das nervt.«

»Ja«, sagte Tom. »Mich nennen sie Nerd, weil ich so verträumt bin – aber zum Glück ist Nerd im Moment cool. Es gibt irgendwelche Fernsehserien mit coolen Nerds. Am Anfang haben sie mich Schussel genannt, das war nicht cool. Es geht immer auf und ab, hin und her. Das Wichtigste ist: Du darfst Dich nicht verunsichern lassen. Das hat mein Vater mir beigebracht. Er sagt, viele berühmte Männer und Frauen wurden in ihrer Kindheit gehänselt, weil sie anders waren als die meisten.«

»Ich will gar nicht berühmt werden«, seufzte Anna. »Ich will nur einfach meine Ruhe haben.«

»Ja, ich verstehe. Aber mich tröstet es, dass viele andere das Problem auch hatten – und dass sie trotzdem später ein gutes Leben hatten. Zum Beispiel könntest Du jedes Mal, wenn jemand Dich Spinnenbein nennt, an ein berühmtes Model denken, dem es genau so gegangen ist. Das habe ich mal im Fernsehen gesehen. Eine Frau erzählte, dass sie als Mädchen dünn war und größer als die anderen und dass sie deshalb immer gehänselt wurde. Und jetzt finden sie alle superschön.«

»Ja, das hat meine Mama mir auch schon gesagt; aber

es tröstet nicht richtig. Ich komme mir trotzdem manchmal häßlich vor wie eine Spinne.«

»Hahaha«, lachte Paul, »denk an unser Märchen! Die schöne Barbie und die häßliche Spinne!«

»Es wäre toll, wenn man zu Hause so sein könnte wie hier« sagte Anna aus tiefstem Herzen. »Einfach man selbst, egal, ob dick oder dünn, groß oder klein, stark oder schwach, verträumt oder nicht verträumt ...«

»Man kann es lernen, sagt mein Vater«, antwortete Tom, »und ich glaube ihm.«

Die Drei beschlossen, sich zur Erinnerung noch ein Souvenir mitzunehmen. Tom griff sofort nach seinem Glücksdrachen. Anna wollte zuerst Prinzessin Flippa nehmen, entschied sich dann aber doch für die schwarze Monsterspinne. Sie sollte zu Hause zusammen mit der Barbie auf dem Regal sitzen, um immer daran zu erinnern, dass Spinnenhässlichkeit und Puppenschönheit nichts weiter sind als Verkleidungen.

Paul überlegte lange. Er wollte sich schließlich vor seinen Freunden nicht blamieren und wählte deshalb aus der Schatzkiste einen kleinen, besonders geformten und gemusterten Stein.

Es wurde ein schöner Abschiedstag. Alles, was die Kinder taten, alle Spiele, die sie spielten, hatten einen besonderem Glanz, weil es sie so nur noch heute geben würde und dann für lange Zeit nicht mehr.

»Das kleine Holz ist weg und der Knotenfilz!« jammerte der Gummischuh. »Na und?« schimpfte das Tau. »Du immer mit Deinem Gejammer! Sei doch froh, dass das kleine Holz endlich seine Traurigkeit überwunden hat! Und dem schwarzen Knotenfilz wird es bestimmt gut gefallen auf Annas Regal. Vielleicht kann er sich da sogar mit dem Flugsaurier Quetz unterhalten – die beiden hatten sich doch angefreundet. - Wir werden hier bestimmt noch viel neues Treibgut stranden sehen. Da werden wieder Nervensägen dabei sein und eingebildete Blödies, aber bestimmt auch liebenswerte und kluge Dinge. Ich freue mich natürlich besonders, dass ich hier oben bin und hoffen kann, die nächste Sturmflut zu überstehen. Ihr wisst ja, dass ich mir immer gewünscht habe, hier meinen Ruhestand zu genießen.«

»Ja«, sagte der Schuh nachdenklich, »ich hatte mir gewünscht, mit Dir zusammen zu bleiben. Und nun sind wir hier, zusammen mit unseren Freunden. Sogar der Flipflop ist jetzt nah bei mir. Ich sollte nicht jammern.«

»Du bist halt ein Schuh«, tröstete der Flipflop. »Du kannst nichts für Deinen Charakter. Wir Schuhe sind treu und hassen Abschiede.«

»Also gut«, sagte der Eimer. »Finden wir uns damit ab. Dann spreche ich hiermit das Märchen – Schlusswort:

›So lagen sie alle glücklich und zufrieden herum, manche oben im Zauberschloss, andere unten in der Bucht. Und wenn keiner sie eingesammelt hat, sie nicht zerbröselt sind und das Meer sie nicht geholt hat, dann liegen sie dort noch heute.‹

27. Heimkehr

In ihrer letzten Urlaubswoche mieteten Toms Eltern ein
Auto und machten mit ihren Kindern mehrere Ausflüge ins
Innere der Insel. Sie wanderten, mit Lisa in der Rücken-
trage, durch tiefe Täler und über hohe, mit wilden Kräu-
tern bewachsene Ebenen, von denen man weit übers
Meer bis zu den Nachbarinseln schauen konnte; und sie
besuchten den uralten Regenwald, der hoch oben im
Zentrum wuchs.

Den kleinen Glücksdrachen nahm Tom überallhin mit.

Im Wald bemerkte er, dass unter den Bäumen, auf dem
Waldboden, viele Holzstücke lagen, die seinem ähnelten.
Als sie an einem Rastplatz, an dem eine Quelle sprudelte,
eine Pause machten, sagte Tom nachdenklich zu seinen
Eltern: »Ich glaube, mein Drache kommt von hier oben.
Schaut nur, da am Boden liegen lauter Geschwister von
ihm.«

»Ja,« sagte seine Mutter, »das ist gut möglich. Im
Frühjahr regnet es manchmal hier so heftig, dass sich die
Wege in kleine Flüsse verwandeln, die dann über die
Berge ins Tal stürzen. Vielleicht ist Dein Holz dabei
mitgerissen worden.«

»Es kann aber auch sein,« meinte der Vater, »dass es
von ganz woanders her kommt. Vielleicht ist es irgendwo
ins Meer gespült worden, zum Beispiel in Afrika oder in
Portugal, und die Strömung hat es dann zu dieser Insel
gebracht.«

»Trotzdem glaub ich, dass es sich hier zu Hause fühlt,
bei all dem anderen Holz und den großen, alten Bäumen.«

Tom wurde ein bisschen traurig. »Vielleicht sollte ich es hier lassen?«

»Ach«, sagte die Mutter, »es ist doch nur ein Stück Holz, ich glaube nicht, dass es fühlen kann. Du spielst doch so schön damit. Nimm ihn ruhig wieder mit, Deinen Glücksdrachen.«

»Aber ich hab so ein Gefühl«, sagte Tom. Er legte das kleine Holz unter einen mächtigen, uralten Lorbeerbaum. »Tschüß, Glücksdrache«, sagte er.

»Nein, nein,« lächelte der Vater und legte seinem Sohn die Hand auf die Schulter. »Den Glücksdrachen nimmst Du mit, der gehört zu Dir. Nur das Holz, in dem er sich versteckt hat, das läßt Du hier.«

Dieser Gedanke gefiel Tom, und er stellte sich vor, wie der Glücksdrache aus dem kleinen Holz herausschlüpfte; wie er immer größer und größer wurde und jubelnd hoch in den Himmel flog. Dann kam er wieder zurück, machte sich klein und kleiner und verschwand schließlich unsichtbar in Toms Rucksack.

Als sie weitergingen und Tom sich noch einmal nach dem kleinen Holz umdrehte, konnte er es zwischen den vielen anderen abgebrochenen Ästen und Zweigen kaum noch erkennen.

»Hallo«, wisperte das kleine Holz. »Willkommen!« rauschten die Bäume. »Ein Treibholz ist heimgekehrt!« riefen sie einander zu und freuten sich, wie nur Bäume sich freuen können.

»Zerfalle ich hier auch zu Holzstaub?« fragte das kleine Holz.

»Aber nein!« knisterten die vielen kleinen und großen
Holzstücke auf dem Waldboden. »Wir werden Erde für
unseren Baum. Aber jetzt noch nicht. Jetzt beschützen wir

seine Wurzeln und die ganz jungen Bäumchen, die unter unserer Decke langsam und ungestört wachsen können. Und nun erzähl! Erzähl wo Du überall warst und was Du erlebt hast!«

Das tat das kleine Holz. Und es war wunschlos glücklich.

Auch Tom war glücklich. Er wusste nicht so genau, warum, aber das kleine Holz nach Hause zu bringen, hatte ihm ein Gefühl der Stärke und Zufriedenheit geschenkt.

Der Glücksdrache begleitete ihn noch viele Jahre. Manchmal war er unsichtbar, manchmal schwebte er als weiße Wolke hoch am Himmel, manchmal schlüpfte er in ein Spielzeug oder in ein Kuscheltier oder in ein Sofakissen. Wenn Tom verzagt war oder traurig oder ängstlich, dann erinnerte er ihn an seinen Mut und seine innere Stärke.

Anna, Paul und Tom blieben ihr Leben lang Freunde.

NACHBEMERKUNG

in der Du etwas mehr über die alten Märchen und Gedichte erfährst

Nicht alles, was in diesem Buch geschrieben steht, habe ich mir selbst ausgedacht. Manchmal fiel mir beim Schreiben ein altes Lied oder Gedicht ein, ein Märchen oder eine Geschichte; und wenn ich sie passend fand, habe ich sie hineingeflochten.

Auf **Seite 3** findest Du ein **Gedicht** von *Joseph von Eichendorff*. Er hat es 1835 mit 47 Jahren verfasst. Es heißt *Wünschelrute*. In der dritten Zeile steht ein Wort, das Du vielleicht nicht gleich verstanden hast: *hebt*. Eichendorff schreibt: *Und die Welt hebt an zu singen.* Heute würden wir wohl eher sagen: Und die Welt *fängt an* zu singen. Daran merkt man, wie alt das Gedicht schon ist – 178 Jahre! Es ist eines meiner Lieblingsgedichte.
Über dem Gedicht siehst Du ein Foto von einem alten Gemälde, das Joseph von Eichendorff darstellt. Damals gab es natürlich noch keine Fotoapparate.

Das **Lied**, das das kleine Holz auf **Seite 26** singt, ist noch viel älter als das Gedicht von Eichendorff – mindestens 500 Jahre. Wer es gedichtet hat, weiß man nicht mehr so genau. Man findet es in alten Büchern oder auf Mauern geschrieben, zum Beispiel an einer *Wand des Schlosses Tratzberg in Tirol*. Da steht:

> *Leb, waiß nit wie lang und stürb, waiß nit wann*
> *mueß faren, waiß nit wohin*
> *mich wundert, das ich so frelich bin.*

Du siehst, die Rechtschreibung war damals noch ganz anders als heute. Bei solchen Liedern ist es ähnlich wie bei den Märchen: Es gab sie wahrscheinlich schon, bevor sie aufgeschrieben wurden. Sie wanderten sozusagen von Mund zu Mund; mündliche Überlieferung nennt man das. Man muss sie nicht genau so wiedergeben, wie sie geschrieben stehen. Man kann seine eigene Version davon singen und erzählen.

So ist es auch mit dem Märchen **vom Fischer und seiner Frau**, das das alte Tau auf **Seite 42** erzählt. Vor ungefähr 200 Jahren hat *Philipp Otto Runge* es aufgeschrieben und an die Brüder *Wilhelm und Jakob Grimm* geschickt. Die sammelten nämlich Märchen. 1812 wurde es in ihrem Buch *Kinder- und Hausmärchen* veröffentlicht. Runge erzählte das Märchen auf Plattdeutsch, das klang so:

Dar wöör maal eens en Fischer un syne Fru, de waanden tosamen in,n Pißputt, dicht an der See, un de Fischer güng alle Dage hen un angeld: un he angeld un angeld.

Erst später wurde es ins Hochdeutsche übertragen.

Das Märchen **Aschenputtel**, das der Stein auf **Seite 66** dem kleinen Holz und dem Schuh erzählt, stammt auch aus der Märchensammlung der Brüder Grimm.
Obwohl diese Märchen erst vor 200 Jahren aufgeschrieben wurden, sind sie, wie ich schon sagte, wahrscheinlich noch viel älter.

Ebenso ist es auch mit dem arabischen Märchen vom **Geist in der Flasche (Seite 73)**, das in der uralten Märchensammlung *Tausendundeine Nacht* zu finden ist.

Die Geschichte von den **drei Wünschen** auf **Seite 55** hat der Schriftsteller *Johann Peter Hebel* 1811 verfasst, also ungefähr zur gleichen Zeit, als die *Brüder Grimm* ihre Märchen und *Joseph von Eichendorff* sein Gedicht veröffentlichten.

Auch das Gedicht vom **Zauberlehrling** auf **Seite 90** stammt aus dieser Zeit; 1797 wurde es von *Johann Wolfgang von Goethe* gedichtet.

Auf **Seite 122** wird ein Buch über **Fantasien** erwähnt. Das heißt *Die unendliche Geschichte* und wurde vor gar nicht langer Zeit, nämlich 1979, von dem Schriftsteller *Michael Ende* geschrieben. Darin spielt der *Glücksdrache Fuchur,* eine wichtige Rolle. Hätte die Mutter Tom nicht von diesem Buch erzählt, wäre er wohl kaum auf die Idee gekommen, in dem kleinen Holz einen Glücksdrachen zu sehen. (Falls Du das Buch noch nicht kennst, empfehle ich es Dir, ebenso wie das Buch *Momo,* das *Michael Ende* 1973 geschrieben hat.)

Ach ja, jetzt hätte ich fast den seltsamen Namen
vergessen, den Tom, Anna und Paul sich für ihr Spiel
aussuchen: **Schroffenstein (Seite 119/140)**. Den habe ich
mir von einem anderen berühmten Dichter ausgeliehen:
Heinrich von Kleist. Er war, wie man so sagt, ein
Zeitgenosse von *Goethe, Hebel, Eichendorff* und den
Brüdern Grimm. 1803 hat er sein erstes Theaterstück
geschrieben: **Die Familie Schroffenstein**. Ich finde, das
passt zu dem Strand mit den schroffen Steinen, zum
wandernden Zauberschloss und zur Bucht der singenden
Dinge; meinst Du nicht auch?

Ich freue mich über Post!

Hat Dir dieses Buch gefallen?

Sind Dir beim Lesen noch andere Märchen, Geschichten und Lieder eingefallen, die man einflechten könnte?

Hast Du Lust etwas zu malen? Etwas zu basteln? Zu fotografieren? Du kannst mir, wenn Du magst, einen Brief schreiben. Meine Adresse:

Gudrun Jandt, Calle La Condesa 11, 38870 Valle Gran Rey, La Gomera, Kanarische Inseln, Spanien

Oder eine email. Meine mailadresse:

scheintuer@gmail.com

Ich antworte Dir auf jeden Fall!

Herzliche Grüße

Gudrun Jandt

Dezember 2013

Quellen

S. 3: Gedicht aus: Deutscher Musenalmanach 1838, Leipzig, S. 287; Foto: commons.wikimedia.org/Joseph von Eichendorff

S. 26: Gerd Dicke, *Mich wundert, das ich so frölich pin. Ein Spruch im Gebrauch*, In: Kleinstformen der Literatur, Tübingen 1994, S. 56-90.

S. 42: Philipp Otto Runge, Jacob und Wilhelm Grimm, *Von dem Machandelboom.Von dem Fischer un syner Fru. Zwei Märchen textkritisch herausgegeben und kommentiert von Heinz Rölleke. Trier 2008, (Schriftenreihe Literaturwissenschaft; Bd. 79)*

S. 55: *Johann Peter Hebel, Schatzkästlein des rheinischen Hausfreundes, Stuttgart 1833, Drei Wünsche, S.117*

S. 66: *Frei nach: Jacob und Wilhelm Grimm, die schönsten Kinder- und Hausmärchen, Aschenputtel,* http://www.maerchen.com/grimm/aschenputtel.php

S. 73: *Frei nach: Tausend und Eine Nacht, Arabische Erzählungen, Breslau 1827, Deutsch von Max Habicht, S. 74*

S. 90: *Goethes Werke Band 1, Stuttgart 1827, Johann Wolfgang von Goethe, Der Zauberlehrling, S. 237*

S. 95: *Foto:* www.bildkiste.de/10/12/Nachts-Lagerfeuer.JPG.php

S.119: *Heinrich von Kleist, Die Familie Schroffenstein: Ein Trauerspiel in fünf Aufzügen. Stuttgart 1986*

S.122: *Michael Ende, Die unendliche Geschichte, Stuttgart 1979*

S.176: *Michael Ende, Momo, Stuttgart 1973*

Printed in Great Britain
by Amazon